Das Staunen der Beschenkten

von

Mary Hajos

Mit einem Vorwort von Helmut Gollwitzer

R. BROCKHAUS VERLAG WUPPERTAL

1. Auflage Frühjahr 1968
2. Auflage Herbst 1968
3. erweiterte Auflage 1970
4. Auflage 1971
5. Auflage 1973

Umschlag: Wolfgang Eickhoff
Druck: Herbert Fuhrmann, Solingen
ISBN 3-417-00026-2

Meiner lieben Else

Im Jahre 1960 erschien der erste Teil eines Berichtes über meine Berufung und die Jahre meines Dienstes in Ungarn. Das Zeugnis vom Christuserleben jener schweren Zeit stand unter der Überschrift „Da waren wir wie Träumende". Vielen durfte dieses Büchlein zum Segen werden.

Das vorliegende zweite Bändchen, dessen dritte Auflage durch zwei weitere Predigten ergänzt wurde, ist während der Zeit eines angespannten Reise- und Vortragsdienstes in Deutschland, Österreich und der Schweiz entstanden. Es erscheint auf vielfachen Wunsch. Möge ihm ein klein wenig von dem großen Abrahamssegen zuteil werden: „Ich will dich segnen, und du sollst ein Segen sein."

Frankfurt/M., im Herbst 1970

Mary Hajos

Es soll ein gemeinsames Zeugnis von den Taten des lebendigen Gottes werden aus dem Munde der Juden und aus dem Munde der Völker — das ist die Verheißung, in der die beiden Teile der Bibel, die hebräische Bibel und das Neue Testament, zusammenstimmen. Alle großen göttlichen Verheißungen meinen nicht nur die Zukunft, sondern auch schon die Gegenwart. Schon jetzt sollen sie hereinwirken, schon jetzt als ein „Angeld" auf Größeres, wie Paulus sagt, erfüllt werden. Ein solches „Angeld" ist es, wenn jene Verheißung dadurch verwirklicht wird, daß ein Jude zugleich mit den Juden und mit der Gemeinde aus den Völkern Gottes Lob ausbreitet. Das geschieht, wenn Mary Hajos in unseren Gemeinden spricht — in den christlichen Gemeinden in Deutschland, zu denen sie kommen konnte und bei denen sie leben kann, nur weil die Vergebung eine lebendige Wirklichkeit ist. Wenn sie spricht, ahnen ihre deutschen Hörer, daß der „Zaun der Feindschaft" (Eph. 2,14) durch das Blut Jesu Christi, der für Juden und Heiden gestorben ist, wirklich niedergelegt worden ist — der Zaun, den die Feindschaft gegen die Juden in unserem Volke wieder so mörderisch aufgerichtet hatte.

Seit 1960 tut sie unermüdlich unter uns ihren Dienst. Sie macht christliche Gemeinden mit der g a n z e n Bibel bekannt; sie zeigt ihnen, wie die ganze Bibel die Treue des Gottes bezeugt, der in Jesus die Welt mit sich selbst „vertauschte" und uns nun bittet, uns mit ihm versöhnen zu lassen (2. Kor. 5,18—20). Sie zeigt, wie dieser Gott, der Gott Israels, seinen Verheißungen, die er seinem Volke Israel zusprach, bis in die letzte Tiefe von Golgatha treu geblieben ist, und wie wir anderen, wir Menschen aus den Völkern, Hoffnung haben nur dadurch, daß er seinem Volke die Treue gehalten hat.

Die Arbeitsgruppe Christen und Juden beim Deutschen Evangelischen Kirchentag versucht in gemeinschaftlicher Aussprache und Erkenntnis von Christen und Juden ebenfalls, einen neuen Weg zum gemeinsamen Gotteslob zu finden. Darum bin ich Mary Hajos für ihr Wirken und nun auch für diese neue Schrift dankbar. Wie ihre Vorträge, so kann auch diese Schrift bibelkundige und bibelunkundige Menschen dazu anleiten, in der ganzen Heiligen Schrift nach der Fülle ihrer Botschaft zu suchen.

Helmut Gollwitzer

1. ENTSCHEIDUNGEN

*„Das Leben muß im voraus gelebt
werden, verstanden wird es erst
nachträglich."*

Kierkegaard

Es war an einem späten Septembertag des Jahres
1959, als ich ein letztes Mal in Budapest auf unsere Terrasse trat. Die Sonne war aufgegangen, und die dunkel-
roten Geranien, die die Terrasse umrahmten, leuchteten
in üppiger Schönheit. Ich wußte, daß diese Minuten die
letzten waren in meiner Wohnung, ja, in meiner Heimat
überhaupt. Der Wagen, der mich zum Bahnhof bringen
sollte, stand schon vor der Tür.

Ich war im Aufbruch. Noch ein letztes Mal wollte ich
alles mit einem Blick festhalten. Diese Stätte, die mit so
manch frohem, aber auch mit sehr viel schmerzvollem
Erleben verbunden war, sollte nicht zu bald in die Tiefe
der Vergangenheit und damit in Vergessenheit versin-
ken. Ich wußte, daß ich nie wieder hierher zurückkehren würde. Es war ein Abschied für immer. Und dennoch fiel er nicht schwer, denn die eigentliche Trennung
von allem Liebgewordenen war längst vollzogen. Mit
dem Augenblick, als mir der Briefträger meinen Aus-
wandererpaß aushändigte, hatte das Abschiednehmen
begonnen.

Da waren zunächst die Bücher gewesen, von denen
nur eine gewisse Anzahl hatten mitgenommen werden
können; und da hieß es, die rechte Auswahl zu treffen.
Welche würde ich auch in Zukunft, im nächsten Ab-
schnitt meines Lebens im Westen wirklich nötig brau-
chen? Das war ein Sortieren! Scheinbar wertlose Bücher waren auf die Seite der wichtigen gewandert und
viele andere, wertvolle und interessante, waren plötzlich
unwichtig geworden.

Danach hatte die Trennung von so vielen vertrauten Dingen in der Wohnung vollzogen werden müssen. Das meiste mußte ich ja zurücklassen. Nur wenige Sachen und auch etliche Teppiche hatten verpackt und auf die Reise geschickt werden können. Bei den Teppichen war die Auswahl nicht ganz leicht gewesen, denn keiner von ihnen war ohne Geschichte. Fast alle waren eine Erinnerung an schwerste Zeiten meiner frühen Jugend, in der ich einige Jahre mit Teppichknüpfen zur kärglichen Rente meiner Mutter hatte beitragen müssen, da mein Vater starb, als ich erst acht Jahre alt war. Meine drei wesentlich älteren Geschwister hatten längst das Elternhaus verlassen. Nur ich war bei meiner Mutter mit ihren oft schier erdrückenden Sorgen geblieben und half beim Teppichknüpfen. So hatte jeder Teppich seine eigene Geschichte und die Wahl war nicht leicht gefallen.

Nur bei einem wunderschönen echten Perserteppich war kein Zweifel aufgekommen, daß er mitgenommen werden mußte. Sein Medaillon auf leuchtend rotem Grund war von seltener Schönheit. Es war ein Stück, das stets der Blickfang gewesen war, wo immer wir ihn hingelegt hatten. Dieser Teppich aber hatte eine tragische Geschichte.

Als in Deutschland die Judenverfolgungen ihren Anfang nahmen und bald auch auf Ungarn überschlugen und die Verfolgungen immer bedrohlicher wurden, hatte einer unserer alten Freunde sich plötzlich das Leben genommen. Er lebte einsam, war ohne Familie, nur einige Freunde hatten ihm zur Seite gestanden. Er war ein Jude, dem der mit Blut und Tränen gezeichnete Weg seines Volkes durch die Jahrhunderte wohl bekannt war. Er wußte, wie weit sich die Menschen vergreifen konnten, wenn der Haß gegen die Juden — das Israel Gottes — aufloderte. Dieser Mann hatte sich auch nicht der Illusion hingeben wollen, daß etwa der Mensch des 20. Jahrhunderts ein anderer sei als der im finsteren Mittel-

8

alter. Obwohl er nicht besonders fromm war, hatte er sich dennoch zu dem Gott seiner Väter gehalten. Doch angesichts des heraufziehenden Unheils hatte er sich eines Tages in den Tod geflüchtet. In seinem Testament aber hatte er diesen wunderschönen Teppich, das schönste Stück seiner Wohnung, uns zugedacht. So war dieser in unsere Hände gelangt.

Solche Erinnerungen zogen an meinem inneren Auge vorüber, als ich auf der Terrasse meiner Wohnung mich ein letztes Mal umblickte. Und dann stand plötzlich der Abschied von der Gemeinde und den vielen Geschwistern lebendig vor meinen Augen. Gerade eine Woche vor meiner Abreise hatte er im Rahmen eines unvergeßlichen Abendmahlsgottesdienstes stattgefunden. Die Gemeinde wußte von dem Ruf, der mich aus meiner alten Heimat herausführte. Nur der Tag meiner Abreise war niemandem bekannt.

Zum letzten Mal hatte auch ich in diesem Gottesdienst das Wort verkündigen dürfen. Aber dann erhielt diese Stunde einen besonderen Glanz dadurch, daß eine Jüdin sich taufen ließ. Daß sie es gerade auf diesen Tag erbeten hatte, sollte eine Art Abschiedsgeschenk an mich sein. Sie wußte, welch eine unsagbare Freude es mir bedeutete, wenn ein Glied meines Volkes, dem der Herr Herz und Augen aufgetan, den Schritt des Gehorsams tat. Wir kannten einander schon seit unserer Kindheit. So hatte sie denn auch den großen Umbruch im Leben meines Mannes und auch in dem meinen gesehen, den der Herr gewirkt hatte, als er uns ergriff. Damals hatte sie erkannt, daß es nicht um eine neue Religion ging, sondern um ein neues Leben. Den letzten und entscheidenden Anstoß, sich unter das Wort Gottes zu stellen, erhielt sie jedoch durch ihren Mann, als er im Sterben lag. Er war auch ein Jude und ablehnend gegen das Evangelium Christi bis zur letzten halben Stunde seines Lebens. Seiner Frau hatte er den wiederholten Versuch, in unsere Bibelstunden zu kommen, immer wieder verwehrt. Als er aber so nahe an der Schwelle der Ewigkeit stand, war ihm Gott in seiner erbarmenden Liebe begegnet. Als seine Frau ihn noch in den letzten Minuten bat, ihr wenigstens ein Wort zu sagen, antwortete der sterbende Mann: „Jetzt kann ich nicht mehr mit dir sprechen, jetzt redet Gott mit mir." Mit diesen Worten und in offensichtlichem Frieden ist er in die Ewigkeit eingegangen.

Unmittelbar nach seinem Tode rief die Witwe uns an und berichtete uns mit knappen Worten vom Heimgang ihres Mannes und ihrem Erleben an seinem Sterbelager und fügte hinzu: „Ich möchte auch diesen Gott kennenlernen, der zu meinem Mann geredet hat." Sehr bald danach kam sie regelmäßig unter Gottes Wort, und der Herr redete auch zu ihr ganz persönlich, so daß sie in der Stimme Jesu die Stimme des Hüters Israels, des Gottes ihrer Väter, erkennen konnte, der auch sie zu der einen Herde, der Gemeinde Jesu Christi, bringen wollte. Und dann war in jenem Abschiedsgottesdienst die Stunde gekommen, wo sie ihre Antwort auf den Ruf Jesu vor der ganzen Gemeinde öffentlich bekannte und die Taufe begehrte. Nach der feierlichen Taufe waren wir zum Tisch des Herrn gegangen. Das Lob Gottes, das wir dann anstimmten als eine Gemeinde, die Gott sich aus Juden und Menschen aus den Völkern geschaffen, war wie ein wunderbarer zweistimmiger Chor. Wahrlich, „er hat aus beiden eins gemacht", das war das große Erlebnis für jeden von uns in jener Stunde.

Und nun lag der Abschied von dieser Gemeinde schon eine Woche zurück. Doch die Bande der Liebe und Gemeinschaft in dem Herrn Jesus Christus, die im Feuerofen der Not und des Leidens geschmiedet waren, sind sehr stark und können durch Trennung nicht gelöst, sondern nur noch fester werden, das spürte ich schon jetzt deutlich. Wie stark sie sind, sollte mir erst in den kommenden Jahren recht klar werden, da es sich erwies, daß weder Zeit, noch Entfernung die Einheit im Herrn Jesus

Christus hat zunichte machen oder entkräften können. Sind wir doch Glieder der einen Kirche und als lebendige Steine mit eingefügt in den einen heiligen Tempel.

Noch eine andere liebe Erinnerung wollte ich mir tief einprägen in diesen letzten Minuten. Hier auf dieser Terrasse hatten unsere wöchentlich zweimal stattfindenden Bibelkreise begonnen. Vom ersten schönen Frühlingstag an bis in den Herbst hinein versammelten wir uns stets hier um den Kaffeetisch und erfreuten uns der Gemeinschaft und der erquickenden Umgebung mit den reich belaubten hohen Bäumen und den leuchtenden Geranien, die Jahr um Jahr unsere Terrasse schmückten. Nach dem Kaffee hatte uns jedesmal die angrenzende große Stube aufgenommen, wo wir uns um das lebendige Wort versammelten. Wie manchen tat der Herr gerade an dieser Stätte unter seinem Wort das Herz und die Augen auf und schenkte das neue Leben.

Ich blickte auf meine Uhr. Es war noch eine Stunde bis zum Abgang des Zuges, der mich zunächst nach Wien bringen sollte. Ich riß mich los. Ein letztes Mal grüßte mich das Wort über unserer Wohnungstür: „Der Herr behüte deinen Ausgang und Eingang von nun an bis in Ewigkeit."

Alle meine Koffer und Kisten waren schon über das Zollamt an die Bahn gebracht, und ich verließ das Haus nur mit geringem Handgepäck. Niemand hätte mir anmerken können, als ich mit meinem Pfarrer und zwei meiner allernächsten und liebsten Freunde auf dem ziemlich verlassenen Bahnsteig auf den Zug wartete, daß ich für immer meine Heimat verließ. Die Minuten vor Abgang eines Zuges haben eigentümlicherweise oft eine unheimliche Länge, ganz anders als die Minuten im Trubel des Alltags. Aber schließlich ertönte das „Einsteigen! Türen schließen!" Noch ein letzter Händedruck, und rasch setzte sich der Expreß in Bewegung.

Die Fahrt verlief sehr schnell, da der Zug erstmals an der österreichischen Grenze hielt, und schon zur

Mittagszeit war ich in Wien. Dort lenkte ich sofort die große Kiste mit meinen wertvollsten und wichtigsten Dingen, in der auch jener wunderschöne Teppich war, weiter nach London, denn das war mein Ziel, obwohl ich die ersten Monate zunächst in der Schweiz verbringen wollte. Es war erst September, aber spätestens zu Weihnachten wollte ich in London bei meinem Patenkind und seinen Eltern sein. Sie waren meine Nächsten aus Ungarn. Wir hatten eine gemeinsame Vergangenheit, kamen aus dem selben Volk der Juden und sind durch denselben feurigen Ofen des Leidens geführt worden. Und wunderbarerweise haben wir auch gemeinsam den neuen Weg des Lebens mit dem Herrn Jesus Christus einschlagen dürfen. Sie erwarteten mich mit Freuden, und ich dachte dankbar und froh an die Stunde, wo ich wieder mitten unter meinen so lieben alten Freunden sein würde. Wie gut mußte es tun, ein warmes, vertrautes Nest zu haben und sich richtig zu Hause zu fühlen. Ich freute mich schon sehr auf das kommende Weihnachtsfest in London!

Nach einigen Tagen in Wien machte ich mich auf die Weiterreise nach der Schweiz auf, wo ich in einem Ferienheim von alten Freunden eingeladen war. Ich verließ Wien um Mitternacht, und in der Frühe des nächsten Morgens konnte ich die Schönheit der österreichischen Alpen bewundern. Nach langer Fahrt hielt der Zug auf einem Bahnhof, an dem fast alle Passagiere ausstiegen. Ich freute mich, endlich allein im Abteil zu sein, und begann, mich ein wenig gemütlicher einzurichten, als jemand die Tür aufriß und fragte:

„Wollen Sie nach Deutschland? Hier ist Bregenz, in einigen Minuten fährt der Zug weiter nach Deutschland." Voller Entsetzen sprang ich auf.

„Nein, ich will nicht nach Deutschland, sondern in die Schweiz!"

„Dann rasch aus dem Zug, ich helfe Ihnen."

Im Nu waren meine Sachen mehr herausgeschleudert

als getragen, und schon setzte sich der Zug in Bewegung.

„Schnell, schnell, eilen Sie zu dem anderen Zug dort drüben, der fährt in die Schweiz!"

Ein freundlicher Bahnbeamter, der meine Überstürzung sah, gab dem Lokomotivführer einen Wink, und er wartete, bis alle meine Sachen in den Zug gebracht waren, um dann mit einigen Minuten Verspätung abzufahren. Außer Atem ließ ich mich im Abteil nieder und dankte Gott, daß ich noch im letzten Augenblick gewarnt worden war.

Die Fahrt bis St. Margrethen dauerte nur Minuten. Speicher, im lieblichen Appenzellerland, war das Ziel. Dort verbrachte ich stille und reicherfüllte Wochen.

In dieser Zeit bekam ich eines Tages einen Brief aus London, in dem ein alter Freund von uns, ein Pfarrer, seinen Besuch ankündigte. Er kannte meinen Mann und mich schon seit vielen Jahren und war an meinem weiteren Weg im Dienst der Verkündigung sehr interessiert. Wir trafen uns in Zürich. Kaum hatte das Gespräch begonnen, kaum hatten wir die verschiedenen Möglichkeiten, die für meinen Dienst in Frage kamen, erwogen, als er mir völlig unerwartet die Frage stellte:

„Würden Sie nicht auch nach Deutschland gehen — nach Frankfurt am Main?"

Diese so gänzlich überraschende Frage war mir wie ein Schlag vor den Kopf. Oder auch wie ein Blitz, der in dunkler Nacht niederfährt und für einige Sekunden alles erhellt. Nach Deutschland?! Diese unvermittelte Frage rief so manches, das in der Tiefe meines Unterbewußtseins schlummerte, schlagartig wach. Erst jetzt wurde mir bewußt, daß ich die Todesschrecken der Verfolgungszeit noch längst nicht alle überwunden hatte, obwohl sie schon fünfzehn Jahre hinter mir lagen. Jener Sonntag im März 1944 wurde mir gegenwärtig, an dem das Radio den Einmarsch der Deutschen in Ungarn ansagte. Was diese damals schon lang gefürchtete Nachricht für uns Juden bedeutete, hatten wir zunächst nur von ferne ahnen können. Das Wissen um die volle Wirklichkeit, der wir entgegengingen, hätten wir auch niemals ertragen können. Welch eine Güte Gottes, daß er uns die Zukunft verhüllt! Auch nur das Ahnen des Kommenden hatte viele, die ihre Zuflucht nicht fest in Gott nehmen konnten, in den Selbstmord getrieben. Von Tag zu Tag waren wir mehr aus dem normalen Leben gestoßen worden. Und die deutsche Sprache war für uns eine Sprache des Todes geworden.

Ich mußte mich zurückfinden aus den schrecklichen Erinnerungen. Die Frage erheischte eine Antwort. Nach Deutschland sollte ich gehen? Unter deutschen Menschen sollte ich leben und in deutscher Sprache den Dienst der Verkündigung tun?

Die Antwort brach wie ein Hilferuf aus der Tiefe meines Herzens: „Nein! Niemals! Nur nicht nach Deutschland!"

2. ZWEI „FREIE VÖGEL"

Noch genoß ich in vollen Zügen die Wochen meines Aufenthaltes in der Schweiz, in dem so heimeligen Dachzimmerchen des Ferienheims in Speicher. Wie schön war es gelegen! Ringsum die sanften grünen Matten. Das wuchtige Säntis-Massiv schien, obwohl in guter Entfernung, in der klaren Herbstluft zum Greifen nahe. Von Westen her grüßte die Stille und Weite des Bodensees herauf. Die Geborgenheit, die dieses Haus bot, tat mir unendlich wohl. Ich hätte mir keine geeignetere Stätte erträumen können, an der ich mich so ungehindert der Übersetzung eines Büchleins ins Englische hätte widmen können. Die Schreibmaschine klapperte den ganzen Tag hindurch, und bald konnte ich das fertige Manuskript nach London schicken.

Eines Tages fiel der erste Schnee. Die vielen Blumen ringsum im Garten, gestern noch in der Fülle ihrer

Schönheit, waren plötzlich über Nacht vom Schnee bedeckt. Mutig steckten sie ihre bunten Köpfchen aus der Schneedecke, als wollten sie mit Entschiedenheit auch weiter ihre Farbenpracht behaupten. Doch bald kam der nächste Schneefall, und der Winter hatte gesiegt. Nun glitzerte die frische Schneedecke in der Sonne, deren Strahlen nur noch zu leuchten, aber kaum mehr zu wärmen vermochten. Der Winter hatte seinen Einzug gehalten, und ich freute mich sehr auf das Weihnachtsfest, das ich in London zu feiern gedachte.

Doch wie bald mußte ich merken, daß diese meine Gedanken nicht die Gedanken des Herrn Jesus mit mir waren!

Eines Tages, als ich in Zürich war, begegnete mir dort ein Pfarrer, der sich zur Zeit der Todeskrankheit meines Mannes als ein treuer Bruder erwiesen hatte. Da wir die Zeit bis zum Abgang meines Zuges gut auskaufen wollten, setzten wir uns in die Bahnhofsgaststätte. Wir hatten ein gutes Gespräch. Auf einmal fragte der Pfarrer ganz unvermittelt:

„Ist dir Corrie ten Boom ein Begriff?"

Solange ich in Ungarn war, hatte ich nichts von ihr gehört, aber in der Schweiz war mir ihr Buch „Dennoch" in die Hände gelegt worden, das mich aufs tiefste beeindruckt hatte. Auf meine bejahende Antwort fuhr der Pfarrer fort:

„Hättest du nicht die Freudigkeit, Corrie auf ihren Weltreisen zu begleiten und mit ihr den Dienst der Verkündigung gemeinsam zu tun? Ich bin mit ihr verbunden und weiß, daß sie schon lange um eine Mitarbeiterin betet. Vielleicht bist gerade du es. Bist du doch wie Corrie ein ,freier Vogel'. Aber —", fügte er etwas nachdenklich hinzu, „— ich weiß allerdings nicht, wo Corrie steckt. Sie fliegt ja quer durch die ganze Welt. Vielleicht ist sie gerade irgendwo am anderen Ende der Erde. Aber ungeachtet dessen werde ich ihr von dir schreiben, und irgendwann und irgendwo wird mein Brief sie erreichen.

Auch wäre nicht ausgeschlossen, daß sich vielleicht einmal eine Gelegenheit ergibt, daß ihr euch persönlich begegnet. Das wäre gut."

Bald danach ging mein Zug.

Dieses Gespräch über Corrie wollte mich in den nächsten Tagen in der Stille meines Ferienheims, wo ich mich weiter auf meine Dienste vorbereitete, einfach nicht loslassen. Es hatte etwas längst Begrabenes in mir wachgerufen.

Wie aber erstaunte ich, als schon nach einer Reihe von Tagen ein Brief dieses Schweizer Pfarrers mit einer beigelegten Zeitungsnotiz kam, die anzeigte, daß Corrie ten Boom im Laufe der nächsten Wochen in Deutschland, und noch dazu gerade in Frankfurt am Main, drei Tage hindurch Vorträge halten würde. Er schrieb, daß Corrie mich bei dieser Gelegenheit unbedingt kennenlernen wolle.

Was war geschehen? Der Pfarrer hatte diese Zeitungsnotiz — kaum, daß er von unserer Begegnung heimgekehrt war, gefunden und sofort nach Frankfurt geschrieben. Dies war nun die Antwort darauf. Nie hätte ich mir einfallen lassen, daß eine Begegnung mit Corrie — wenn überhaupt — so ausgerechnet in Deutschland und schon so bald zustande kommen sollte. Es hatte sich „begeben". Die Wolkensäule hatte sich erhoben, und ich wollte trotz meiner Furcht vor Deutschland dem Herrn Christus gehorsam sein, auch wenn der Weg noch so schwer fiel. Wußte ich doch, daß diese Tage für mich von entscheidender Bedeutung sein würden. So hieß es aufbrechen.

Es waren spannende Momente, als mein Zug im Hauptbahnhof Frankfurt einfuhr und ich mit großem Herzklopfen laut Verabredung mit der hoch gehaltenen Bibel in der Hand auf den Bahnsteig trat. Es glich etwa den Schritten, die die Priester mit der Bundeslade in den Jordanfluß tun mußten, im Vertrauen, daß der Herr zu seinem Wort stehen würde. Auch meine Fußsohlen mußten erst „naß" sein, ehe ich den Eingriff Gottes schauen konnte.

Ich hielt also das Erkennungszeichen, meine Bibel, hoch. Es war ein Gruß und zugleich das sichtbare Zeichen dessen, was ich den Menschen zu bringen hatte: Das schöpferische, lebendige Wort Gottes. Gleichgültig, ob der Herr mich mit Corrie in die Welt hinaussenden oder an einen anderen bestimmten Platz stellen würde.

Schon nach einigen Schritten traten zwei junge Menschen auf mich zu. Sie waren die leitenden Evangelisten der Frankfurter Gruppe „Jugend für Christus", bei der Corrie zu Gast war und wo sie schon am Abend desselben Tages sprechen sollte. Darum eilten wir, ins Quartier dieser Gruppe zu kommen, da Corrie mich dort erwartete. Das Gespräch für ein erstes Kennenlernen hatte kaum begonnen, als es an der Türe klopfte. Corrie wurde gebeten, zu einer schwer angefochtenen Frau zu kommen, um mit ihr zu beten. Sie war sofort bereit, aber nicht ohne jemanden mit sich zu nehmen, der für sie und mit ihr in den Gebetskampf eintreten würde. Sie schaute mich fragend an, und ich ging mit ihr, staunend, daß ich sofort mit solcher Gemeinschaft mit dieser so bevollmächtigten Frau beschenkt wurde.

Die nächsten zwei Tage, die Corrie noch in Frankfurt weilte, wollte sie mit mir verbringen. Wir wollten einander besser kennenlernen, um den Willen Gottes zu erhorchen. Darum nahm sie mich auf ihren Wegen und wohin sie nur eingeladen war, mit. Wie wenig ahnte ich damals, daß sie mich dadurch mit lebendigen Kreisen der Gemeinde in Kontakt brachte und daß auf diese Weise die entscheidende Weiche für meine ersten eigenen Schritte in Frankfurt gelegt wurde, die schließlich auch meinen weiteren Weg in Deutschland bestimmten.

Eines Tages, ich erinnere mich noch gut, als wir auf einem Spaziergang durch die uns beiden so völlig unbekannten Straßen Frankfurts waren, erzählte sie mir vieles aus ihrem Leben. Plötzlich machte sie mitten in der

Straße Halt, schaute mir tief und ernst in die Augen und fragte:

„Du, Mary, nicht wahr, der Herr Jesus segnet mich so offensichtlich in all meiner Arbeit, weil ich sein Volk Israel segne und mich für Juden eingesetzt habe?"

Ich konnte ihr aus voller Überzeugung auf Grund der heiligen Schrift ein tief erschüttertes Ja sagen. Der Segen an Abraham, „ich will segnen, die dich segnen", ist auch heute noch in voller Gültigkeit!

Corrie wußte aber auch etwas von einem Leidensweg um Gottes willen. Sie war weit entfernt, das übliche oberflächliche und so menschliche Denken über Gottes Wege mit uns zu teilen, das da meint, Segen sei gleichzusetzen mit Wohlergehen und Tiefenwege ein Zeichen für das Zürnen und Strafen Gottes. Sie, die mehrere ihrer engsten Familienglieder um ihres Einsatzes für andere willen verloren hatte, wußte von den zweierlei Wegen der Verherrlichung Gottes, durch Leben oder durch Tod.

Am letzten Tag vor ihrer Abreise kam endlich die Stunde, wo wir beide das Anliegen vor Gott bringen wollten, das uns so tief bewegte. Corrie hatte um eine Mitarbeiterin gebetet, und nun war die Frage, ob ich es sei, oder ob sie auf eine andere warten sollte. — An dieser Stelle muß ich zuvor etwas aus meinem Leben einfügen. —

Sehr bald, nachdem ich in dem Herrn Jesus Christus den verheißenen Messias Israels und den Heiland der Welt erkannt und er mein ganzes Leben mit Beschlag belegt hatte, war der brennende Wunsch in mir erwacht, durch die Welt zu ziehen und das Wort Gottes zu verkündigen. Fünfzehn Jahre hindurch beschränkte sich die Welt auf den mir angewiesenen Platz in Ungarn. Zehn Jahre davon durfte ich an der Seite meines Mannes, der als gläubiger Judenchrist im Dienst der Verkündigung stand, arbeiten. Reich erfüllte Jahre gemeinsamer Arbeit hatten wir erlebt. Manchmal aber war ein geheimes

Verlangen in meinem Herzen aufgestiegen, die Gaben, die uns beiden in den Sprachkenntnissen anvertraut waren, auch für den Dienst einzusetzen. Ich dachte an gemeinsame ausgedehnte Evangelisationsreisen in der englischsprachigen Welt. Doch wie anders waren des Herrn Gedanken! Mit großer Dankbarkeit hatte ich neben meinem hochbegabten Mann im Dienst gestanden. Er war mir Stütze und geistliche Leitung, die ich nie entbehren zu können meinte.

Eines Tages wurde er von einer unheilbaren Krankheit, von Leukämie, befallen. Wir wußten beide, was diese Diagnose bedeutete, und sahen an den rapid zunehmenden besonderen Blutkörperchen, wie die Krankheit voranschritt. Es wurde viel für meinen Mann gebetet, so manche standen für seine Heilung in Fasten und Beten vor Gott, und das nicht nur in Ungarn, sondern auch in anderen Ländern, in denen er bekannt war. Es war noch die Zeit der großen Erweckung, wo wir erleben durften, wie Menschen von tödlichen Krankheiten durch das Gebet des Glaubens geheilt worden waren. Auch wir hatten diesen festen Glauben an die Allmacht Gottes und waren unerschütterlich überzeugt, daß er heute noch derselbe ist, der er gestern zur Zeit der Väter war. Aber der Herr hatte einen anderen Plan mit jedem von uns und erhörte all die Gebete in einer ganz anderen Weise als erwartet. Mein Mann durfte im lebendigen Glauben und mit einem heiligen Vertrauen in die Liebe Gottes die Schwelle der Ewigkeit überschreiten. Sein Heimgang war wie ein Siegeszug. Noch nie zuvor hatte ich den auferstandenen Herrn so offensichtlich als den Lebensfürsten und Überwinder der Todesangst erlebt als in jenen Tagen und Stunden. Christus hat sich durch den Heimgang meines Mannes in einer Weise verherrlicht, daß ich nur danken konnte.

Was aber geschah mit mir? Mit mir geschah etwas ähnliches wie mit Gideon, als er mit einem großen Heer in den Streit ziehen wollte. Den starken Mann hatte

Gott von meiner Seite genommen und mich, die schwache Frau, neu in seinen Dienst gerufen. „Geh aus deinem Vaterlande und aus deiner Freundschaft in ein Land, das ich dir zeigen will." Dieses Wort an Abraham war auch an mich ganz neu ergangen.

Und nun war die Stunde gekommen, wo Corrie mir das unerhört große Angebot machte: „Komm! Wir wollen gemeinsam durch die Welt reisen." Ein Angebot, in dem die Erfüllung meines geheimen Sehnens lag. Ich hörte ihr still zu, ohne ein Wort sagen zu können, und merkte mit Staunen, daß ich so gehalten war, daß ich ihr ein Nein sagen mußte! Ich konnte kaum Worte finden über das, was geschehen war. Nur eins war mir zur festen Gewißheit geworden: Der Herr verwehrte es mir. Ich mußte bleiben!

Noch einmal hörte ich Corries Wortverkündigung am Sonntagmorgen, danach mußte sie weiterfahren zu ihrem nächsten Auftrag, der sie am Abend desselben Tages erwartete. Ein letztes Grüßen, ein warmer Händedruck und die ermutigenden Worte:

„Mary, auch wenn du hier bleibst und ich weiterfahre, bleiben wir dennoch verbunden durch das ‚obere Hauptquartier' ", und wies gegen den Himmel. Sie fuhr ab, die Botschaft vom „Ozean" der Liebe Gottes in die weite Welt hinauszutragen. Ich aber mußte bleiben, gerade hier in Deutschland bleiben, um die Botschaft von der Treue Gottes zu verkündigen.

3. DIE WEICHE WIRD GESTELLT

Nachdem Corrie weitergefahren war, konnte ich nicht länger die Gastfreundschaft ihrer Freunde in Anspruch nehmen und bekam wunderbarerweise bald ein Zimmer in einer schön gelegenen großen Wohnung.

Hier liegt es nahe zu fragen, weshalb ich nicht in die Schweiz zurückkehrte. Im Laufe der Zeit war immer deutlicher geworden, daß der Weg nach England aus mir damals noch unerklärlichen Gründen hermetisch verschlossen blieb. Dadurch wurde es mir mehr und mehr zur Gewißheit, daß nicht England und die englischsprachige Welt, sondern Deutschland gemeint war, als ich aus Ungarn herausgerufen wurde. Auch die Tatsache, daß ich so kurzerhand wegen Corrie nach Frankfurt kam, war mir wie ein Fingerzeig Gottes. Ich wagte nicht den geringsten eigenmächtigen Schritt. So blieb ich also in Frankfurt.

Als ich mich nun hier in meiner neuen Umgebung umschaute, entdeckte ich ganz in der Nähe eine große evangelische Kirche. Sie diente mir durch ihre freie Lage, wodurch sie weithin sichtbar war, längere Zeit hindurch nur als Wegweiser, wieder nach Hause zu finden. Zum Gottesdienst ging ich manchmal in jene Kirche, in der Corrie gesprochen hatte, oder es nahmen mich Freunde mit in ihre Gemeinde.

Inzwischen war der erste Sommer für mich in Frankfurt angebrochen. Da zog es mich an einem Juli-Sonntag merkwürdigerweise ganz unwiderstehlich zum erstenmal in jene Kirche, an der ich so oft vorübergegangen war. Es war ein Frühgottesdienst. Wie hätte ich ahnen können, daß durch diesen Gottesdienstbesuch eine Weiche gestellt würde, durch die sich ein völlig neues Kapitel meines Lebens anbahnen sollte. Ich lauschte der Verkündigung mit Staunen. Eine Aussage prägte sich mir besonders ein. Der Pfarrer sagte wörtlich folgendes: „Wenn wir die Verheißungen, die Gott seinem Volk Israel gegeben hat, i h n e n nicht mehr gelten lassen, dann gelten sie auch nicht für uns Christen." Er stellte die Treue Gottes nicht in Frage, und wenn er von „Israel" sprach, dann meinte er auch Israel, das Bundesvolk Gottes, und übertrug den Namen nicht sofort und ausschließlich auf die Kirche, wie ich es sonst fast ausnahmslos in der Verkündigung bis dahin gehört hatte.

Das beeindruckte mich tief, und ich wünschte, mit

dem Pfarrer ein persönliches Gespräch zu haben. Ich
rief ihn an und bat, ihn einmal besuchen zu dürfen. Als
er hörte, daß ich Judenchristin sei, war er sehr erfreut
und bat dringend, daß ich kommen möchte, wenn seine
Frau auch zu Hause wäre, da sie ebenfalls eine große
Liebe zu Israel habe. Noch einige Wochen vergingen,
bis wir endlich den Termin festlegen konnten, an dem
nicht nur der Pfarrer, sondern auch seine Frau zu Hause
und frei für den Besuch war.

Schon die erste Begegnung mit dem Pfarrehepaar war
durch die offensichtliche Gegenwart des Herrn gekenn-
zeichnet, und wir wußten uns alle drei als reich Be-
schenkte, als wir auseinandergingen. Darum wurde die
Verabredung getroffen, wöchentlich einmal zum Gebet
zusammenzukommen. Meist konnte sich jedoch nur die
Pfarrfrau freimachen, der Pfarrer war durch die außer-
gewöhnlich große Gemeinde viel zu sehr in Anspruch
genommen. Unsere Freude am gemeinsamen Gebet
wuchs, und die Woche wurde uns von einem Freitag bis
zum anderen viel zu lang. So trafen wir uns nun zweimal in der Woche und schon sehr bald dann täglich, um
uns mit gemeinsamem Bibelstudium und Austausch für
das Gebet zuzubereiten. Dabei erlebten wir etwas von
dem beglückenden Geheimnis der Gemeinde, von dem
Paulus im 2. Kapitel seines Briefes an die Epheser
spricht. Es wurde uns zur erlebten Realität, daß Christus aus beiden — nämlich aus Juden und Heiden —
eines gemacht hat und daß er die Feindschaft getötet hat
durch sich selbst.

Aber noch etwas anderes wurde mir zu einem großen
Erlebnis. Mag der eine oder der andere, der diese Zeilen
liest, sich über das Bekenntnis verwundern und fragen,
wieso ich erst jetzt, nach so vielen Jahren und gerade in
Deutschland, das Geheimnis der Gemeinde Christi so
bewußt erlebte. Die Frage ist berechtigt. In Budapest
war ich mit meinem Mann in eine besonders lebendige
Gemeinde gekommen, die uns sehr warm aufgenommen

hatte. Doch verbanden uns dort mit den Gliedern der Kirche außer Jesus noch manch andere Bande. Da war das gemeinsame Vaterland und die gemeinsame Muttersprache, auch Freundschaft und Bande der Familie gab es. Nicht zuletzt aber hatten die Leiden der Vergangenheit uns besonders fest zusammengeschmiedet. Hier in Deutschland aber fand ich nicht nur nichts, was mich mit irgend jemand hätte äußerlich verbinden können, sondern viel mehr nur Trennendes, wenn ich an die Geschehnisse der Jahre von 1933 bis 1945 dachte. Und gerade hier erfuhr ich zum erstenmal in meinem Leben, daß das Einssein in Christus stärker ist als alle Bande von Blut und Boden und Natur. Ja, mehr noch, daß sogar alles Trennende, das ich erwartet hatte, verschlungen ist in der Liebe Jesu, die uns eint. Das war das einmalige und große Erleben, das mir in der Gemeinschaft mit dem Pfarrer und besonders mit seiner Frau geschenkt wurde. Darüber kann ich nur staunen.

Aber noch in einer anderen Hinsicht erwies sich die Verbindung mit jener Pfarrfrau — meiner Else Vömel — als ein besonderes Geschenk Gottes an mich. In ihr habe ich nämlich zugleich auch die beste Sprachlehrerin erhalten, die ich mir nur wünschen konnte. In ihrem Eifer, mich so bald als möglich im Dienst der Verkündigung eingesetzt zu sehen, scheute sie weder Zeit noch Mühe, mich in den Reichtum der deutschen Sprache tiefer einzuführen. Kein Fehler entging ihrem wachsamen Ohr. Auch heute wacht sie noch in großer Treue über meine deutsche Sprache.

Eines Tages läutete mein Telefon. Die mir unbekannte Stimme eines Israeli überbrachte Grüße von Freunden in Jerusalem. Der Mann war zur Vorbereitung des Auschwitz-Prozesses nach Frankfurt eingeladen worden. Dies hatte in ihm die Erinnerungen an das unsagbare Leiden mit all seinen grauenvollen Bildern wachgerufen, daß es nur allzu verständlich war, daß er mir davon sprach. Er war gleich einem „Brand aus dem

Feuer" aus der Hölle von Auschwitz herausgerettet worden. Dieser Mann stellte mir plötzlich die Frage:

„Frau Hajos, haben Sie eine Ahnung, w o Sie sind? Wissen Sie, unter welchem Volk Sie hier in Deutschland leben? Und haben Sie, als Jüdin, sich das überlegt, als Sie hierher kamen?"

Die Frage kam mir völlig überraschend. Dennoch gab ich meine Antwort spontan, aus dem innersten Herzen.

„Ja, ich weiß, wo ich lebe und bin dennoch — ja, gerade deshalb — gewiß, daß mein Platz hier ist, und ich bleibe auch hier."

Dem Mann war meine entschlossene Antwort unbegreiflich, das merkte ich wohl; dem Gespräch war damit auch rasch ein Ende bereitet.

Mir aber wurde plötzlich deutlich, daß der Herr es war, der durch die Frage dieses Menschen meine Antwort auf seine Führung nach Deutschland erforschte. Ich hatte ein Ja gegeben, ein Ja zu seiner Führung, die mich gerade in das Land gebracht hatte, wohin ich nie hatte gehen wollen! Zu meinem eigenen Erstaunen sah ich: Mein inneres Widerstreben war verschwunden.

Sehr bald konnte ich merken, von welch entscheidender Bedeutung meine Antwort war. Fast von Stund an war es, als wäre ein Riegel zur Seite geschoben worden. Nun nahm der Herr Stück um Stück der mich bis dahin bewußt oder unbewußt belastenden schweren Erinnerungen. Die schmerzvollen Erlebnisse verloren ihre quälende und hemmende Macht. Die Wunden wurden geheilt, Christus hatte sich selbst Raum gemacht für seine Liebe, für die vergebende und werbende Liebe, ohne die er mich hier in Deutschland niemals hätte gebrauchen können.

Ich war frei.

4. DER AUFTRAG

Ganz zielstrebig begann der Herr nun, mich für meinen bevorstehenden Dienst zuzubereiten. Rückblickend kann ich erkennen, wie er mir all meine Pläne, die den seinen nicht entsprachen, aus der Hand nahm. Das war keine leichte Sache. Zunächst mußte ich lernen, daß meine Aufgabe in Deutschland nicht eine direkte Fortsetzung der in Ungarn begonnenen sein konnte. Dort hatte mein Zeugnis in erster Linie den vielen jüdischen Menschen gegolten, die durch die schweren Verfolgungszeiten fragend geworden und aufgeschlossen waren. Von den großen Taten, die der Auferstandene Herr unter uns Juden wirkte, berichtete ich in meinem ersten Büchlein „Da waren wir wie Träumende". Aber was sollte hier in Deutschland mein Auftrag sein und wo der Schwerpunkt meiner Arbeit liegen? Diese Frage trieb mich beständig ins Gebet. Und mit mir flehten nicht nur viele Freunde in der alten Heimat, sondern auch gar manche Reichsgottesarbeiter in aller Welt.

So hatte ich eines Tages mit einer alten erfahrenen Schweizer Missionarin ein Gespräch. Sie stammte aus Frankfurt und war eine treue Beterin. Die fragte nach einer Weile plötzlich, mich nachdenklich anschauend:

„Mary, w a s wirst du in Deutschland tun? Was wird dort dein besonderer Auftrag sein? Es nimmt mich Wunder, warum dich der Heiland so eindeutig gerade dorthin geführt hat. Aber" — fuhr sie mit starker Glaubenszuversicht fort —, „er wird dir seine Pläne schon zu seiner Zeit aufschließen." So geschah es dann auch bald.

Die ersten Nachkriegsjahre waren vorüber, und das Ringen um die Bewältigung der jüngsten Vergangenheit war im Fluß. Auch Else und ich suchten Antwort auf so manche Frage, und es wurde uns in viel Gebet und Austausch klar, daß der christlichen Gemeinde an erster Stelle und jedem einzelnen Glied in ihr ganz persönlich **eine große Verantwortung** dabei zukam. Denn — das wurde klar — „u n s ist vertrauet, was geschrieben steht", wir haben die ganze heilige Schrift alten und neuen Testaments und hätten den Willen Gottes mit Bezug auf Israel und seine Gemeinde wissen können. Das machte auch uns unserer ungeheuren Verantwortung bewußt.

Ein erstes Ahnen von dem noch verborgenen Auftrag bekam ich durch die wiederholten und eindringlichen Vorstellungen Elses, die immer wieder sagte:

„Mary, du hast keine Ahnung, wie nötig wir gerade in Deutschland das Zeugnis eines judenchristlichen Menschen haben! Denn du bist in Person der Beweis der ununterbrochenen Treue Gottes zu seinem Volk Israel. Die Gemeinde braucht dich, weil du in Person zugleich ein Beweis dafür bist, daß Gott mit seinem Volk zum Ziele gekommen ist und auch weiter zum völligen Ziel kommen wird."

Ja, ich spürte und war überzeugt, daß hier nicht nur ein völlig neues Kapitel meines Lebens anbrechen sollte, sondern daß vor allem meine Verkündigung grundsätzlich anders ausgerichtet sein mußte.

Aber auch ein zweites wurde mir zur festen Gewißheit, nämlich, daß mein Dienst von nun an nicht mehr in erster Linie Menschen meines Volkes gelten konnte, sondern daß jetzt die große und weite Gemeinde Jesu Christi das Arbeitsfeld werden mußte, der es nicht etwas Spezielles zu bringen gilt, sondern auf Grund der von Christus geschenkten Erfahrungen und Erkenntnisse das ganze und volle Evangelium aus der Fülle des Alten und Neuen Testaments.

Wie jene Schweizer Missionarin gesagt hatte, so kam es: Der Herr Jesus Christus schloß seine Pläne mit mir zu seiner Zeit auf; allerdings auf eine Weise, über die ich nur staunen konnte. Es begab sich nichts Außergewöhnliches, aber es wurden Begegnungen und Gespräche geschenkt, und zwar gerade mit jüdischen Menschen, durch die mir zunächst etwas Grundsätzliches

26

aufging. Ich möchte hier nur eines wiedergeben, aber dieses eine ist charakteristisch und steht für die anderen.

Da bekam ich eines Tages den Besuch einer Israelin, die für einige Monate nach Deutschland, ihrer früheren Heimat, gekommen war. Sie war noch vor Beginn des Dritten Reiches — damals noch ein junges Mädchen — als bewußte und begeisterte Zionistin nach Israel gegangen. Dort lebt sie in einem Kibbuz, der der sozialistischen Richtung angehört, weshalb ich sie für eine hielt, die den Glaubensfragen fernsteht. Wie sehr war ich aber überrascht, als sie unser kaum begonnenes Gespräch sehr schnell auf das Wesentliche lenkte. Es zeigte sich, daß sie geradezu begierig war zu hören, was mich als Jüdin so gepackt hatte, daß ich Christin geworden war. Zum andern aber brannte in ihr auch eine zweite Frage:

„Was verkündigst du als Jüdin der christlichen Gemeinde?"

Ich konnte ihr zunächst nur auf die erste Frage Antwort geben und erzählte ihr, wie mir ein Pfarrer die Treue und Liebe Gottes zu uns Juden an Hand der ganzen heiligen Schrift aufgezeigt und bewußt gemacht hatte. Und wie er mir das Wort des Petrus aufgeschlossen hatte, das dieser seinen jüdischen Brüdern im Tempel zu Jerusalem zurief: „... Ihr seid des Bundes Kinder, ... euch zuvörderst hat Gott Jesus auferweckt und zu euch gesandt, euch zu segnen."

Bei diesen Worten unterbrach sie mich plötzlich sehr erregt:

„Was hast du gesagt bekommen? Jesu Tod und Auferstehung sollen für uns Juden Segen bedeuten?! Das habe ich wirklich noch nie gehört! Ich hörte vielmehr immer nur das genaue Gegenteil!"

Ach, ich wußte leider nur zu gut um die traurige Wahrheit ihrer Aussage.

Das Gespräch mit dieser Israelin ist mir noch sehr lange nachgegangen.

In jener Zeit begegneten mir bezeichnenderweise auch in Wort und allerlei Schrifttum wiederholt die gleichen Irrtümer und Mißverständnisse mit Bezug auf Israel, die auch jener Frau das Evangelium völlig verdunkelten und die mir durch ihre spontane Aussage so erschreckend bewußt wurden. Dies legte Gott täglich mehr als eine große Last auf Else und mich. Standen Gottes wunderbare Taten rettender Liebe unter seinem Volk — wie ich sie so mannigfalt erlebt hatte — nicht in krassem Gegensatz zu der durch die Jahrhunderte hindurch verkündigten und leider so willig geglaubten These über Israel, daß sie durch den Opfertod Jesu und sein Blut, das doch das Blut der Versöhnung ist und das Gott zur Vergebung der Sünden gegeben hat, bis zu diesem Tag unter einem Fluch stünden? Obwohl Paulus so klar gesagt hat: „Gott war in Christus und versöhnte die Welt mit sich selbst"; und in Epheser 2 wiederholt er es und macht den Heidenchristen bewußt, daß „er beide versöhnte mit Gott in einem Leibe durch das Kreuz und die Feindschaft getötet hat durch sich selbst", haben solche Mißverständnisse schon allzu lange das Evangelium ausgehöhlt und entkräftet, weil es vor allem die Treue Gottes, die den Sünder sucht und liebt, zunichte macht. Leben nicht auch wir Christen aus dieser Treue Gottes, die uns an seiner Geschichte mit Israel vor Augen geführt wird?

Täglich wurde es uns mehr zur Gewißheit, daß hier in dieser Richtung mein Auftrag lag.

Aber konnte eine einzelne Stimme und noch dazu die einer Judenchristin überhaupt gehört werden? Mußte die Botschaft von der Treue Gottes nicht den Verdacht nahelegen, als kämpfte ich für mein Volk? Schmerzlich empfanden wir, daß die Basis fehlte, den nun erkannten Auftrag Gottes auszuführen. Das machte große Not. Immer dringlicher flehten wir um die Hilfe des Herrn, denn es ging uns wahrlich nicht um Israel, sondern um die Gemeinde. Es ging um die Ehre Gottes und um sein

Evangelium, das eine Kraft Gottes ist für beide, für Juden und Nichtjuden.

Oft sagte ich zu Else in meiner Hilflosigkeit: „Ich wollte, wir wären kleine Zündhölzer und könnten eine große Lampe anzünden." Wie sehnten wir uns nach einer klaren und vor allem auch unüberhörbaren Stimme in der Kirche, die das, was uns von Gott so besonders aufs Herz gelegt war, beim Namen nannte. In meiner Verzweiflung schickte ich einen Hilfeschrei, der einem SOS-Ruf glich, an Professor Gollwitzer nach Berlin. Wie groß war unser Staunen, die Freude und der Dank, als unverzüglich die Antwort kam: „Seien Sie getrost, wir sind schon am Werk! Wir kommen! Wir kommen auf den Kirchentag und werden in der neuen Arbeitsgruppe ‚Juden und Christen' unsere Stimme erheben!" Diese Antwort erhielt ich im Frühjahr 1961.

Tatsächlich kam die Hilfe mit dem Berliner Kirchentag. Schon das sehr aufrüttelnde Vorbereitungsheft zeigte uns, daß der Durchbruch und Umbruch, auf den wir so sehnlich warteten, bereits angebahnt war. Was in diesem Heft ausgesprochen wurde, glich einer Reformation. Klar und schonungslos waren darin die Irrtümer mehrerer großer Kirchenväter, die mit ihren Aussprüchen über die Juden die Gemeinde all die Jahrhunderte hindurch so unselig beeinflußt und in ein völlig unbiblisches Denken geführt hatten, beim Namen genannt. Dies und die im Verlauf der Geschichte dadurch angehäuften historischen Vorurteile und Mißverständnisse waren als schwere Schuld bekannt worden. Ja, wahrlich, Gott hatte einen Umbruch angebahnt. Die Zeit war reif, das zeigte sich bei der Durchführung des Kirchentages in der Arbeitsgruppe „Juden und Christen", da nicht ü b e r etwas gesprochen wurde, sondern Begegnung und echtes Gespräch zwischen Juden und Christen stattfand. Die überaus große Zahl der Teilnehmer — es waren über zehntausend — und die ernste und geradezu begierige Abnahme alles dessen, was ausgesprochen wurde, ließ offenbar werden, daß der heilige Geist nicht nur führende Theologen beschenkt, sondern auch einen Teil der Gemeinde zubereitet hatte, das Dargereichte demütig und dankbar staunend anzunehmen. Und wenn Schalom Ben Chorin, der israelische Publizist, bekannte, er habe sich beim Betreten der großen Halle angesichts der vielen Christen gefragt, was er als Jude auf einem evangelischen Kirchentag eigentlich zu suchen habe, und ihm plötzlich dies aufgegangen sei, „ich bin wie Joseph, ich suche meine Brüder", — dann ist wohl vielen Christen bewußt geworden, daß wir in ihnen, den Juden, gleichfalls den Bruder, und zwar den älteren Bruder zu sehen haben. Hier wurde in der Tat eine Kehrtwendung um hundertachtzig Grad gemacht. Das kam zum Ausdruck, als die große Kirchentagsgemeinde dieser speziellen Arbeitsgruppe von Professor Gollwitzer entlassen wurde, wobei er eine zusammenfassende Erklärung verlas, in der er u. a. sagte:

„Juden und Christen sind unlösbar verbunden. Aus der Leugnung dieser Zusammengehörigkeit entstand die Judenfeindschaft in der Christenheit. Sie wurde zu einer Hauptursache der Judenverfolgungen. Jede Form von Judenfeindschaft ist Gottlosigkeit und führt zur Selbstvernichtung. Gegenüber der falschen, in der Kirche jahrhundertelang verbreiteten Behauptung, Gott habe sein Volk der Juden verworfen, besinnen wir uns neu auf das Apostelwort: ‚Gott hat sein Volk nicht verworfen, das er zuvor ersehen hat.‘ Juden und Christen leben gemeinsam aus der Treue Gottes. Die Juden sind nicht die Christusmörder, sondern die Christusbringer!"

Zugleich wurde damit die dringende Aufforderung erteilt, nun in den Heimatgemeinden und -kreisen mit dem erneuerten Blick in dieser Richtung weiterzuarbeiten. Das geschah dann auch vielerorts.

Inzwischen sind seit jenem Kirchentag Jahre vergangen. Längst darf ich in vollem Einsatz der Verkündigung stehen und dabei in zunehmendem Maße erleben, wie segensreich sich das geschenkte Umdenken — das Wissen, daß Juden und Christen gemeinsam aus der Treue Gottes leben — für die Gemeinde Christi auswirkt. Welche Kraft geht davon aus, wenn wir dem in Jesus unverbrüchlichen Bund Gottes mit Israel und dadurch mit der ganzen Welt trauen; wenn wir das von ihm bereitete Heil so annehmen und gelten lassen, wie er es geordnet hat. Wie beschenkt mich immer wieder das staunende Bekenntnis der Gemeinde, daß durch den Blickwechsel, der uns notwendig ins Alte Testament hineinführt, aufgeht, wie dies die einzigartige und wunderbare Illustration des Evangeliums ist, das darin in nie geahnter Herrlichkeit aufleuchtet. Denn das ist Evangelium: daß Gott die Sünder liebt und darum Sünde vergibt, und daß er die Treue ewiglich hält. Angesichts dieser frohen Botschaft können und sollen auch wir Christen staunend und anbetend in den Jubelruf des Propheten Micha miteinstimmen:

„Wo ist ein Gott wie Du!"

5. LEIDENSWEGE — GOTTESWEGE

Predigt über Römer 8, 33—39

Paulus gibt hier ein triumphierendes Zeugnis von der Liebe Gottes; doch es ist merkwürdig, woran sich sein Lobpreis entzündet. Er spricht über allerlei Trübsale, Ängste, Verfolgungen, Hunger und Gefahren und nicht etwa über Erfolge, Anerkennung und Sicherheiten. Kurz, er spricht nicht von dem, was nach unserem Denken und Empfinden ein Beweis der Liebe Gottes ist. Ganz im Gegenteil! Paulus zählt all die Leiden auf, um die junge Gemeinde in Rom gerade mitten in ihren

Trübsalen der Liebe Gottes und seiner tröstlichen Nähe zu vergewissern, wie es auch Israel immer wieder erfahren hatte. Darum führt er das Wort aus dem 44. Psalm an: — und um dieses Wort soll es jetzt einmal besonders gehen — „Um deinetwillen werden wir getötet den ganzen Tag, wir sind geachtet wie Schlachtschafe." Der Leser des Textes über Röm. 8, 33—39 ist leicht verführt, hier n u r die Leiden der Gemeinde zu sehen. Hier ist aber auch Israel mit darin; Paulus greift in Vers 35—36 auf die Geschichte Israels zurück, die die Illustration dieses Wortes ist. Wie sollen wir das verstehen? Wie können Leidenswege Gotteswege sein?

Lassen Sie mich zwei Aussagen an den Anfang stellen. Im brennenden Warschauer Getto hatte ein Jude unter unvorstellbaren Leiden und Ängsten — seine Frau und fünf Kinder waren ihm schon entrissen und umgebracht worden — angesichts des Todes einen Abschiedsbrief geschrieben, der auf seltsame Weise erhalten geblieben ist. Er sagt darin u. a.: „... wenn ich je gezweifelt hätte, daß wir Juden noch immer Gottes erwähltes Volk sind, unsere unsagbaren Leiden überzeugen mich davon. Kein anderes Volk als Gottes Volk muß soviel leiden." — Daneben eine andere Stimme aus jener Zeit, als in Budapest durch die Maßnahmen Eichmanns die Lage für uns Juden von Tag zu Tag bedrohlicher wurde: „Herr", rief einer aus, „es ist genug, dein auserwähltes Volk zu sein, erwähle dir doch ein anderes Volk, denn wir haben schon genug gelitten."

Zwei erschütternde Aussagen! Sie stehen für viele andere. Leuchtet aber aus ihnen nicht geradezu eine Gewißheit auf, daß da ein Zusammenhang besteht zwischen den Leiden und der Erwählung, zwischen Leidenswegen und Gotteswegen? Wenn aber Menschen — jüdische Menschen — angesichts solch unsagbarer Leiden dennoch die unerschütterliche Gewißheit haben, daß eben dieser Weg G o t t e s Weg mit ihnen ist, woher haben sie dann, so müssen wir fragen, diese unerhörte

Glaubenskraft nun schon die Jahrtausende hindurch, ihre Leiden so zu verstehen und zu tragen?

Auch in meinem Leben hat es Jahre gegeben, wo das Wissen um mein Judentum wie eine erdrückende Last auf mir lag. Wie beneidete ich die anderen Menschen, die nicht mit dem Namen „Jude" behaftet waren. Wie sehr sehnte ich mich, sein zu können wie die anderen. Damals kannte ich die Bibel noch nicht und wußte nicht, daß es unmöglich ist. Im Propheten Hesekiel sagt Gott, daß alle Bemühungen seines Volkes, sein zu wollen wie die anderen Völker, nur fehlschlagen können. Damals wußte ich noch nicht, daß wir Juden als die Zeugen Gottes Zeugen seiner unverbrüchlichen Treue sind, ob wir uns dessen bewußt sind oder nicht.

Zu den düsteren Erinnerungen meiner Kindheit gehören die Besuche auf dem jüdischen Friedhof, zu dem ich immer wieder gezwungenermaßen mitgenommen wurde. Das Grab meines Vaters war das Ziel dieser Besuche. Er war durch harte Unterdrückungen um seines Judentums willen in den Selbstmord getrieben worden. Als mir eines Tages bei einem solchen Besuch ein Gebetbuch in die Hände gelegt wurde, in dem man mir das Gebet eines Kindes am Grabe des Vaters aufgeschlagen hatte, kostete es mich keine kleine Überwindung, das Gebetbuch nicht voll Empörung und Ablehnung wegzuwerfen. Ich ahnte einen geheimnisvollen Zusammenhang zwischen meinem Judentum und der Verachtung und dem Haß der Welt, die meinen Vater so tödlich getroffen hatten. Und darum war ich auf der Flucht. Es war die Flucht vor Gott. Und doch, gerade auf meiner Flucht vor Gott begegnete er mir und zog mich zu sich. — Als einige Jahrzehnte nach diesen Erlebnissen auf dem jüdischen Friedhof der Herr Jesus Christus mir die Augen auftat und ich in ihm den Messias Israels und den Heiland der Welt erkennen konnte, ging mir auch allmählich der geheime Zusammenhang zwischen der Erwählung durch Gott und dem Leidensweg der Erwählten auf.

„Um deinetwillen werden wir getötet den ganzen Tag, wir sind geachtet wie Schlachtschafe." Das Volk Israel konnte seinen Weg, der die langen Jahrhunderte hindurch mit viel Blut und Tränen gezeichnet ist, nur kraft der unerschütterlichen Gewißheit der Treue Gottes gehen. Noch bis zum heutigen Tag gehen ihn fromme Juden in solcher Gewißheit. Schalom Ben Chorin, der bekannte israelische Publizist und Laientheologe, hat in seinem Buch „Die Antwort des Jona" im Zusammenhang mit der Wiederaufrichtung des Staates Israel geschrieben: „Die Verheißungen Gottes an Abraham wurden im jüdischen Denken nie historisiert, sondern blieben eine immerwährende Aktualität." Die Frommen aller Zeiten in Israel hatten solchen Glaubensblick. In der Geschichte dieses Volkes wird deutlich, wie Erwählung, das heißt, wie das von Gott mit Beschlag Belegtsein notwendig das Leiden, das Verachtetsein und Gehaßtwerden im Gefolge hat.

Etwas von diesem Geheimnis der Erwählung wird uns an den Zwillingsbrüdern Esau und Jakob vor Augen geführt. Über sie ist gesagt, daß, ehe sie geboren waren und weder Gutes noch Böses getan hatten, Jakob erwählt wurde. Warum das schon vor der Geburt? Paulus gibt selbst die Antwort. „Auf daß der Vorsatz Gottes bestünde nach der Wahl, nicht aus Verdienst der Werke, sondern aus Gnade des Berufers." Das Auserwähltsein hat also nichts, aber auch rein gar nichts mit irgendeinem Verdienst oder Würdigsein zu tun. Das ist unserem menschlichen Denken und Empfinden nicht nur völlig fremd und unbegreiflich, sondern vielmehr direkt entgegen. Wahrhaftig, Gott ist der ganz Andere! Er erwählt gerade das Unedle vor der Welt, und das Verachtete, und das, was nichts ist (1. Kor. 1, 26—29). Und warum gerade solche? „Auf das sich vor ihm kein Fleisch rühme." Die Tatsache, daß Jakob noch vor seiner Geburt erwählt wurde, schloß jede Möglichkeit zu Menschenruhm absolut aus. Im Verlauf seines Lebens rückte Gott ihn dann ganz in sein Licht, und dabei wurde sehr viel Sünde offenbar. Sie wurde schonungslos aufgedeckt und bei Namen genannt. Wir müssen es lernen, daß Gott menschliche Qualitäten nicht ansieht oder gar bevorzugt, wenn er erwählt, denn es geht immer dabei um seine Ehre und um die Verherrlichung seines Namens. Gott liebt eben die Sünder!

Dennoch dürfen wir aber einen Blick in das Geheimnis tun, mit dem Gott seine Gnadenwahl begründet. In 5. Mose 7 heißt es, daß der Herr sein Volk nicht darum angenommen und erwählt hat, weil es mehr wäre als andere Völker, denn es ist ja das kleinste unter ihnen; sondern darum hat er es erwählt, weil er es g e l i e b t hat. Die Liebe ist also das Geheimnis der Erwählung. Hier liegt der innerste Kern des Evangeliums: Gott liebt und erwählt Sünder und bringt sie ans Ziel.

Jakob wurde nach viel Kampf und Leiden von Gott mit seinem ganzen Hause nach Ägypten gewiesen, und der Herr sagte ihm zu, daß er mit ihm gehe und ihn dort in der Fremdlingschaft zum großen Volk machen und sie auch wieder heraufführen wollte. Im Gehorsam zog Jakob nach Ägypten, und Gott war mit ihm. Die Erfüllung aber der Verheißung sah Jakob nicht. Er starb, und es folgten vierhundert Jahre großer Bedrängnisse und Not. Die Familie, die zu einem Volk herangewachsen war, wurde unterdrückt und unbarmherzig geplagt. War dies ein Zeichen dafür, daß Gott sie nicht mehr geliebt und darum verlassen hätte? Im Gegenteil. Gott war mitten unter ihnen, und alle Leiden seines Volkes hat ER mitgelitten, so sagt Jesaja (63,9). Liebe leidet mit.

Gott hatte aber Jakob auch wissen lassen, daß seine Nachkommen nach vier Mannesaltern nach Kanaan zurückkehren sollten. Darum hatte Jakob — als er seinen Tod nahen fühlte — angeordnet, daß man ihn bei seinen Vätern im Land der Verheißung begraben sollte. Damit hat er ein wunderbares Zeugnis seines Vertrauens und seiner Hoffnung auf die Verheißung für das Land Ka-

naan gegeben. Diese Entscheidung war ein Glaubens-
schritt! Für ihn war die Zusage Gottes schon eine Wirklichkeit, wenn auch noch Jahrhunderte darüber verge-
hen sollten. Welch ein Zeichen des Vertrauens hat Jakob seinem Volk für alle Zeiten damit gegeben! Und
auch Josef ließ sich nicht in Ägypten begraben. Er nahm
vielmehr den Kindern Israels einen Eid ab, daß, wenn
der Herr sein Volk aus Ägypten führen würde, sie ihn
mitnähmen. Weshalb sie ihn nach seinem Tode in eine
Lade legten und bei dem Auszug aus Ägypten, vierhundert Jahre später, mit herausführten.

Wenn nun Israel mit den Verheißungen Gottes so fest
gerechnet hat und noch rechnet, wieviel mehr erwartet
der Herr von uns Christen, die wir das ganze Wort Gottes haben, daß auch wir an seinen Verheißungen festhalten und mit ihnen rechnen. Jesus ist das Fleisch ge-
wordene Wort Gottes und hat alle Verheißungen, die
den Vätern gegeben waren, bestätigt, so heißt es in Rö-
mer 15, 8. Darum erwartet Gott nicht nur von seinem
Volk Israel, sondern vielmehr nun auch von uns Christen, daß wir durch solches Festhalten am Wort unseren
Glauben erweisen. Wir haben das große Vorrecht, in
der Zeit zu leben, in der durch die Wiederaufrichtung
des Staates Israel unser Augenmerk wieder neu auf das
Land der Verheißung gelenkt ist. Und wieder ist es wie
einst: Die Feinde rings umher toben und haben sich bereits in drei Kriegen gegen diesen Eingriff Gottes verge-
bens gewehrt. Der Herr, der der Gott Abrahams, Isaaks
und Jakobs ist, bekennt sich zu seinem Volk durch Sieg
und Wundertaten und legt dadurch Ehre ein vor der
Welt. Dies zu schauen, ist das große Vorrecht der Gemeinde, und es soll uns — so will es Gott — ins Anbeten, Loben und Danken führen.

Doch zurück zu unserer Geschichte. Als die befristete
Leidenszeit für Israel abgelaufen war und die Stunde der
Befreiung aus der Knechtschaft Ägyptens schlug, führte
der Herr sein Volk „mit hoher Hand heraus", wie es

heißt. Was aber geschah auf ihrem weiteren Wege? Konnten sie von nun an etwa in Frieden und unangefochten wandern? Kaum daß sie aus Ägypten heraus waren, erfolgte auch schon der erste Angriff des Feindes. Die Amalekiter waren es, die sie nicht durch ihr Land hindurchziehen lassen wollten und angriffen. Israel war ständig wie Schafe unter Wölfen. Die ganze Geschichte Jakobs und seiner Nachkommen ist eine einzige Illustration der Worte Jesu: „Die Welt haßt euch, weil ich euch erwählt habe."

Wie furchtbar der Haß der Welt sein kann, habe auch ich in den letzten Wochen der Naziherrschaft in Budapest in besonderer Weise erlebt. Als die Russen schon sehr nahe waren, hatten wir noch immer einige Möglichkeiten, jüdische Kinder zu verstecken. Alle, die wir aufnahmen, waren mit falschen Papieren versehen, die ihr Judentum verhüllten. Wie zitterten wir aber vor einer möglichen Kontrolle, denn diese begnügte sich nicht mit den Papieren, sondern sie schauten bei den Büblein allein nach dem Zeichen des Bundes, nach der Beschneidung. Dieses Bundeszeichen entschied, ob mit den Kindern menschlich oder unmenschlich verfahren wurde. Welch eine Bestätigung dafür, daß der Angriff des Feindes letztlich gegen den lebendigen Gott gerichtet war. Wie macht diese Tatsache vor aller Welt deutlich, welche finsteren Mächte die Menschheit treiben und wie sie gerade gegen die wüten, die Gott zu Botschaftern des einen wahren Herrn der Welt gemacht hat. Israel-Haß, Antisemitismus, ist darum hintergründiger Gotteshaß!

Ein anderes Zeichen des Hasses, das unser Judentum während der Verfolgungszeit offenbar machen sollte, war das Tragen des gelben Davidsterns. Obwohl ich zu jener Zeit schon Christin war und im Dienst der Verkündigung stand, mußte ich ihn auch kurze Zeit tragen. Darum kann ich aus eigenem Erleben darüber sprechen. Als ich das erste Mal mit dem gelben Stern auf die Straße trat, strömte mir von manchen Menschen ein solch unheimlicher Haß zu, daß es fast unerträglich war. Wie wurde mir da der 124. Psalm so lebendig: „Wo der Herr nicht bei uns wäre, wenn die Menschen sich wider uns setzen, so verschlängen sie uns lebendig, wenn ihr Zorn über uns ergrimmt."

Aber nun müssen wir noch einen kurzen Blick in das Leben des Esau tun. Wie oft hört man Fragen, die zum mindesten das Bedauern äußern darüber, daß Gott Esau eben nicht erwählt hat. Wie sah denn sein Leben und das seiner Nachfahren aus, die nicht berufen waren, Träger der Verheißung Gottes für den kommenden Heiland zu sein? Während das Haus Jakob vier Jahrhunderte hindurch in Ägypten wirklich geschmachtet hatte, lebten Esau und seine Nachkommen in Freiheit und Wohlstand. Niemand störte ihren Frieden wesentlich, und die Welt als solche begegnete ihnen nicht mit Verachtung und Haß, wie es das Haus Jakob erfuhr. Warum auch hätte die Welt sie hassen sollen? Sie, die Edomiter, waren ja nicht die Erwählten Gottes, keine Segensträger. S i e waren wie die anderen Völker. Sie gehörten zur Welt, und die Welt liebt das Ihre. Wenn wir ihren Weg genau verfolgen, gelangen wir an den Punkt, wo sich die Linie Esaus mit der des Jakob schneidet. Es ist die Stunde, in der Herodes und Jesus einander gegenüberstanden. Herodes, der Edomiter, ein Nachkomme Esaus, als König in Freiheit und Macht, und vor ihm Jesus, der Nachkomme Jakobs. Er ein Gefangener, Verspotteter und zum Tode Verurteilter. Welch eine Begegnung! Der Erwählte Gottes, der Heilige in Israel, um dessentwillen das Haus Jakob überhaupt geschaffen und Jahrhunderte hindurch wunderbar erhalten worden war, geht die letzte Strecke seines Leidensweges. Und doch hat Gott gesagt: „Jakob habe ich geliebt und Esau gehaßt."

Das Bekenntnis des Juden aus dem Warschauer Getto, der in seinem Abschiedsbrief schrieb, daß seine unsagbaren Leiden ihm die Erwählung Israels bestätigten, ging aber noch weiter. Er fährt fort: „Ich sterbe ruhig. Ich bin ein Geschlagener, aber kein Verzweifelter. Ein Gläubiger, ein Verliebter in Gott. Ich habe ihn lieb gehabt, auch wenn er mich geschlagen hat, auch wenn er mich zur Erde erniedrigt, zu Tode peinigt. Ich habe ihn lieb und war und bin verliebt in ihn. Ich sterbe wie ich gelebt habe, im felsenfesten Glauben an ihn. Höre, Israel, der Ewige ist unser Gott, der Ewige ist einig und einzig."

Dieses ungewöhnliche Bekenntnis macht nicht einer, der in einem erhabenen Gottesdienst sitzt, wo ihm in einer guten Predigt die Liebe Gottes besonders nahe gebracht wird. Dieses Bekenntnis macht nicht ein Mensch, der sich auf irgendeine Weise in eine gehobene Stimmung versetzt hat. Hier spricht ein Jude, der den sicheren Feuertod in spätestens einer Stunde zu erwarten hatte. Selbst die leiseste Hoffnung, daß Gott hier noch rettend eingreifen könnte, war gänzlich ausgeschlossen. Und dennoch hat dieser Mann die felsenfeste Gewißheit, daß nichts, nicht einmal sein unsagbares menschliches Elend, ja selbst der Tod ihn nicht zu scheiden vermag von dem einen ewigen Gott Israels.

Wie ist das möglich? Wie konnte er in seinem Leiden sich mit solchem Vertrauen zu Gott bekennen?

„Ich bin ein Verliebter in Gott."

Woher diese Kraft? Er sah doch wahrhaftig nichts von solcher Liebe! Woher die Gewißheit des ewigen Lebens? Aus welcher Quelle konnte er schöpfen? Würde es sich hier um einen gläubigen Christen handeln, wäre die Antwort eindeutig und leicht zu geben. Da bestünde nicht der geringste Zweifel daran, daß er Kraft und Trost von Christus empfängt. Aber woher hatte er, der Jude, solche unerhörte Glaubenskraft? Auch war er ja nicht der einzige, der so starb. Tausende frommer Juden gingen mit solcher Gottergebenheit in den Tod, daß sie oft selbst ihre Peiniger in Erstaunen setzten. Hierfür gibt es nur eine Antwort. Der Grund solchen Glaubens liegt außerhalb aller menschlichen Qualitäten und Fähigkeiten, er liegt allein in dem einen ewigen B u n d , den Gott mit seinem Volk gemacht hat und der bis auf diesen Tag noch in Kraft ist. Auf diesem Bund beruhte ihr Glaube, letztlich, auch wenn sie sich dessen nicht alle bewußt waren. Von daher strömte ihnen Kraft zu, festzuhalten und auszuharren, führte der Weg auch durch den Tod.

Als Martin Buber einmal auf dem jüdischen Friedhof in Worms stand, mitten unter umgestürzten, formlosen Steinen, sagte er: „Der Tod ist mir widerfahren. All die Asche, all die Zerspelltheit, all der lautlose Jammer ist mein. Aber der B u n d ist mir nicht aufgekündigt worden. Ich liege am Boden, hingestürzt wie diese Steine, aber aufgekündigt ist mir nicht!"

Ja, der Bund Gottes, den er mit seinem Volk am Berg Sinai geschlossen hat, gilt und ist in Kraft. Das hat Buber klar gesehen, und er hatte recht, wenn er sich an die Treue Gottes klammerte und sich ihrer getröstete. Denn „es sollen wohl Berge weichen und Hügel hinfallen, aber meine Gnade soll nicht von dir weichen, und der Bund meines Friedens soll nicht hinfallen, spricht der Herr, dein Erbarmer!"

Ja, wahrlich, der Bund, den Gott mit seinem Volk am Sinai gemacht hat, ist nicht nur nicht aufgekündigt, sondern vielmehr erneuert worden! Diese Bundeserneuerung ist auf Golgatha geschehen. Sinai und Golgatha gehören unlöslich zusammen, so bezeugt es der Hebräerbrief. Es gibt nur einen ewigen, unverbrüchlichen Bund, dessen Zeichen und Garantie das Blut der Versöhnung ist, das Jesus als das Lamm Gottes am Kreuz vergossen hat. Das ist der Bund, von dem es gleich zu Anfang des Neuen Testaments (Luk. 1, 55. 72. 73) heißt: „den er geschworen hat unserem Vater Abraham — und seinem Samen ewiglich". Der Bund, den Gott mit seinem Volk geschlossen hat und der durch keine Schuld und Sünde zerbrochen werden kann (2. Mos. 24, 7—8). Und es heißt weiter: „Und Mose nahm das Buch des Bundes und las es vor den Ohren des Volkes. Dann nahm er das Blut und besprengte das Volk damit und sprach: Seht, das ist das Blut des Bundes, den der Herr mit euch macht über allen diesen Worten." Das Blut des Bundes also bezeugt, daß dieser Bund durch keine Schuld zerbrochen und hinfällig gemacht werden kann, weil er ja von vornherein in dem Grund des Blutes der Versöhnung gegründet ist. Wir wissen, daß Jesus bei seinem letzten Passahfest diese Worte Moses aufnimmt: „Das ist mein Blut des neuen Bundes, welches vergossen wird für viele zur Vergebung der Sünden" (Matth. 26, 28). Wir dürfen diese Worte Jesu nicht falsch verstehen, als wollte er damit sagen: „Der alte Bund ist zerbrochen und dahin, Israel ist darum verworfen; ich gründe nun einen neuen, ganz anderen Bund mit der Gemeinde." Nein, Jesus bezieht sich hier nicht nur auf 2. Mose 24, sondern gleichzeitig ganz klar auf Jer. 31, 31: „Siehe, es kommt die Zeit, spricht der Herr, da will ich mit dem Hause Israel und mit dem Hause Juda einen neuen Bund machen. Sie sollen mein Volk sein, so will ich ihr Gott sein." Der Bund ist durch das Blut der Versöhnung gegründet und im Blut der Versöhnung befestigt und bestätigt. Sinai und Golgatha gehören unlösbar zusammen. Jesus ist das erwürgte Lamm von A n b e g i n n der Welt (1. Petr. 1, 20). Der sogenannte alte und der erneuerte Bund sind der e i n e Bund Gottes mit Israel, zu dem „ihr" — so sagt Epheser 2 — „die ihr vordem nach dem Fleische Heiden gewesen seid ... ohne Christus, fremd und außerhalb der Bürgerschaft Israels, fremd dem Bund der Verheißung, durch das Blut Christi nahe geworden seid."

Zu Anfang hörten wir das Bekenntnis des alttestamentlichen Beters, der Gott preist und dann anbetend hinzufügt: „Wir werden um deinetwillen täglich erwürgt, wir sind geachtet wie Schlachtschafe" (Ps. 44). Paulus nimmt Bezug auf diesen Psalm, denn er weiß, daß die Heidenchristen teilhaftig geworden sind der geistlichen Güter Israels, indem sie in den Bund mit eingeschlossen sind, doch sind sie nicht nur der geistlichen Güter durch den Glauben an Jesus Christus teilhaftig geworden, sondern nun sind sie auch durch die gleiche Erwählung ebenfalls dem Haß der Welt ausgesetzt. „Die Welt haßt euch, weil ich euch erwählt habe", sagt Jesus. Wie wurde uns das in der Zeit des Dritten Reiches vor Augen geführt, als auch viele bekennende Christen den Leidensweg gehen mußten.

Doch haben wir durch den Bund nicht nur den gemeinsamen Leidensweg, sondern zugleich auch eine gemeinsame Quelle der Hoffnung und Freude. Juden und Christen warten auf das Kommen des Herrn in offensichtlicher Macht und Herrlichkeit. Mit dem kommenden und wiederkommenden Herrn wird dann auch der Leidensweg der Erwählten ein Ende haben. „Wir warten" — wie Paulus sagt — „auf die selige Hoffnung und Erscheinung der Herrlichkeit des großen Gottes, unseres Heilandes Jesus Christus." Amen

6. DER SIEGESZUG GOTTES IN DER WELT

Predigt über Lukas 4, 1—13 und Hebräer 2, 14

Die Versuchungsgeschichte ist die Geschichte einer Krise. Was eine Krise ist und wohin sie führen kann, weiß wohl keine Generation besser als die unsere. Immer steht irgend etwas auf des Messers Schneide, immer wieder geht es darin um tiefgreifende Entscheidungen, oft um Sein oder Nichtsein, um Leben oder Tod.

Ich erinnere mich an die Krise, die wir Juden 1944 in Budapest erlebten. Monatelang waren schon die Todeszüge aus allen Richtungen im Lande nach Auschwitz gerollt. Schließlich erreichte die Vernichtungswelle auch die Vororte von Budapest. Nur der innerste Kern der Stadt, in dem auch wir wohnten, war noch relativ verschont. Eines Tages aber galten die entsetzlichen Anzeichen auch uns. Es konnte nicht mehr lange dauern, dann waren wir an der Reihe. Damals wehte uns das Bewußtsein der Krise wie ein eiskalter Wind des Todes an. In jenen Tagen habe ich erfahren, was eine Krise in sich schließen kann: Sein oder Nichtsein, Leben oder Tod.

Was aber sind all die Krisen, die Menschen je auf dieser Erde erlebten, ja auch jene, die Völker erleben, gegenüber der einen und einmaligen Krise in jenen Augenblicken, in denen Jesus und Satan einander gegenüberstanden als Repräsentanten der beiden hintergründigen Wirklichkeiten: der Macht der Liebe Gottes, des Lebens, und der Gewalt des Todes! Jesus und Satan. Auf der einen Seite Jesus als der Träger und Bringer des Lebens, der Same des Weibes, der gekommen war, der Schlange den Kopf zu zertreten; und auf der anderen Seite Satan, die Schlange, der Feind, der des Todes Gewalt hatte.

Vierzig Tage und vierzig Nächte war Jesus in der Wüste und wurde vom Teufel versucht. Welcher Art diese Versuchungen waren, wird uns nicht gesagt. Aber da sie ein Ende hatten — so berichten die Evangelien —, hungerte Jesus.

Da tritt Satan ein letztes Mal an ihn heran mit drei Versuchungen, die gewiß der Höhepunkt der langen Reihe seiner Anläufe waren. Diese drei Versuchungen sind die einzigen, über die die Evangelisten Einzelheiten mitteilen. Hunger tut weh, und ganz gewiß wird er auch für Jesus Leiden bedeutet haben. Darum versucht ihn der Satan mit dem Brot. „Bist du Gottes Sohn, so sprich zu diesem Stein, daß er Brot werde." Jesus, der verheißene Heilbringer für die Welt, hat den Weg zum Kreuz angetreten, um Gott erlöste Anbeter zuzuführen. Um das zu hintertreiben, zeigt ihm der Versucher alle Reiche der Welt. „Alle diese Macht will ich dir geben und ihre Herrlichkeit ... wenn du mich anbeten willst ..."

Er, „der Mächtige Jakobs" (Jes. 49, 26), hatte sich aller Macht entledigt, um sein Erlösungswerk zu tun; er war entschlossen, zu leiden und zu sterben. Um das zu verhüten, fordert der Satan Jesus auf, seine Macht und Gottheit zu demonstrieren, indem er sich von der Zinne des Tempels herabläßt. Da nun greift Satan mit derselben Waffe an, mit der ihn Jesus bisher zurückgeschlagen hat. Er gebraucht ein Wort der heiligen Schrift: „Er wird seinen Engeln über dir befehlen, daß sie dich bewahren." Hier steht illegaler Gebrauch der Schrift gegen den legalen. Der Macht des illegalen Wortes ist aber keine andere Macht gewachsen als das legale, das in die eigene Existenz hineingeglaubte vollmächtige Wort Gottes. So überwindet der gehorsame Sohn, der erwählte Knecht, den Widersacher und die Versuchung. So überwindet er die Krise.

Was in diesen Augenblicken auf dem Spiel stand, ist so ungeheuer, daß wir es kaum in Worte kleiden können. Und wenn wir es auch versuchten, sind unsere Herzen viel zu eng, diese Geschichte voll zu erfassen und in ihrer Tiefe auszuloten.

Es ging in der Versuchung Jesu ausschließlich um das eine, nämlich um das Erlösungswerk Gottes auf Golgatha. Es ging also um nichts Geringeres, als um die Erlösung der ganzen Menschheit und um die Wiederherstellung der Schöpfung Gottes. Und da Satan wußte, was für ihn dabei auf dem Spiel stand, suchte er um jeden Preis zu verhindern, daß das Blut der Versöhnung, das Blut des einen ewigen Bundes, vergossen werde. Ihm ging es darum, die Liebesgedanken Gottes für die Welt zunichte zu machen.

Tun wir einen kurzen Blick auf diesen Weg der rettenden Liebe Gottes, der schließlich zu dieser entscheidenden Stunde hinführte.

Wie von einem riesigen Eisberg im Meer meistens nur

die Spitze aus der Oberfläche herausragt, der mächtige Koloß aber tief im Meer unseren Augen verborgen bleibt, so ist es mit der Tiefe und der Weite der Liebe Gottes, die das Kreuz von Golgatha aufgerichtet hat. Sie hat nicht nur ihre Höhe, sondern gerade auch ihre Tiefe und Weite.

Der Weg der rettenden Liebe Gottes begann ganz im Verborgenen, eben in dieser Tiefe. Er begann mit Abraham. Schon ihm wurde dieser Same verheißen, Jesus, der Retter und Heiland, in dem alle Völker gesegnet werden sollten. Es war ein weiter Weg bis dahin. Es war der Weg des Volkes, das Gott aus Abraham ins Dasein gerufen hatte. Lassen wir diesen Weg Gottes mit seinem Volk Israel an unseren Augen vorüberziehen, dann erkennen wir, wie der, der Jesus versuchte, schon bei den allerersten Anfängen es unternahm, den Liebesplan Gottes zu vereiteln. Beständig hatte es der Feind darauf abgesehen, das Volk Israel — eben den Träger des Heils für die Welt — dem Haß der Völker preiszugeben zur gänzlichen Ausrottung. Dieser Kampf des Widersachers währt seit der Stunde der Erwählung Abrahams bis heute. Wir sehen in der uns aufgezeichneten Geschichte Israels drei Begebenheiten herausragen, an denen dieser auf Vernichtung ausgehende Kampf des Feindes besonders augenfällig wird.

Der erste Versuch geschah schon bei der Volkwerdung in Ägypten. Der Segen Abrahams war über Isaak und Jakob auf die Menge ihrer Nachfahren gekommen. Gott hatte sie in Ägypten zu einem großen Volk heranwachsen lassen. Diese Tatsache allein rief schon den Widersacher auf den Plan: Durch harte Unterdrückung und unbarmherzige Fronarbeit sollte das Volk systematisch aufgerieben werden. Da es sich aber um so mehr ausbreitete, wie es heißt, befahl Pharao, daß jeder neugeborene Knabe sofort getötet werden sollte.

Aber der Herr! Mit hoher Hand und unter Zeichen und Wundern führte er sein Volk aus dieser ägyptischen

Knechtschaft heraus. Führer des Volkes wurde Mose, auch einer von denen, die als Kind dem Tode geweiht gewesen waren. Wir erinnern uns, wie die Mutter Moses entgegen dem Befehl des Pharao ihn verbarg, um ihn zu retten, und das Kindlein in einem Kästchen im Schilfmeer aussetzte. Wer könnte den mächtigen Gott aufhalten, wenn er retten will? Alle Versuche, seine Liebespläne für die Welt zu zerstören, wurden von ihm selbst in den Triumph seiner Macht und Herrlichkeit verwandelt.

Ein anderer Großangriff des Feindes erfolgte etwa dreizehnhundert Jahre später, nach der babylonischen Gefangenschaft, als Juda in den 127 Ländern des damaligen persischen Weltreiches lebte.

Gerade in dieser Zeit, als das Volk Gottes in heidnischem Land verstreut als geduldete Fremde lebte, fern vom Land der Väter und von Jerusalem, ihres Gottes Stadt, erfolgte dieser neue Großangriff des Versuchers. Diesmal sollte das Volk nicht durch langsames Aussterben, sondern jäh und radikal ausgerottet werden. Jung und Alt, vom Säugling bis zum Greis, alle sollten umgebracht werden. Im Buch Esther lesen wir darüber. Der Haß eines einzigen Menschen bewirkte ein unwiderrufliches Todesurteil über ganz Juda. Haman hatte bei dem persischen König einen gewaltigen Einfluß. Er hatte einen raffiniert ausgeklügelten Plan gemacht. Der Tag des Pogroms stand schon fest. Da gab es menschlich gesehen auch nicht die geringste Hoffnung auf Rettung.

Aber Gott! Wer und was könnte ihn hindern? Selbst eine so ausweglose und verzweifelte Situation hat seinen Plan, der Welt das Heil zu bringen, nicht aufhalten können. Es ist wunderbar zu sehen, wie er auch hier einen Menschen, über den bereits das Todesurteil gesprochen war, zum Werkzeug seiner Rettung machte: Die Königin Esther, eine, die aus dem Hause Juda war. Durch sie geschah es, daß Gott all das Unheil, das seinem Volk zugedacht war, auf ihre Hasser kommen ließ. Gott, der

Herr, erwies sich als der Heilige und Allmächtige, als Richter gegenüber den Feinden seines Volkes; für sein Volk als Retter und Erlöser. Und so kam es, daß angesichts dieser zweifachen Verherrlichung Gottes viele Meder und Perser an den Gott Israels glaubten und sich zu ihm bekannten und Juden wurden.

Wie schade ist es, daß viele Christen das Buch Esther verständnislos oder gar ablehnend beiseite schieben. Es kommt wohl daher, daß wir nur eine Möglichkeit zur Verherrlichung Gottes anerkennen, nämlich Rettung und Befreiung. Aber das ganze Alte Testament gibt davon Zeugnis, daß sich Gott gerade auch im Gericht verherrlicht. Mit Gerechtigkeit und Gericht führt Gott seine Sache zum Ziel. Wir sind so leicht verführt, die Feinde Gottes zu bemitleiden, wenn sie unter Gottes schreckliches Gericht gekommen sind und vergessen, was auf dem Spiel steht, wenn der Segensträger Gottes vom Untergang bedroht ist. Es geht um nichts anderes als um die Bewahrung des von Gott bestimmten Trägers des Heils für die Welt. Damit geht es letztlich um Gott und um seine Ehre.

Die beiden eben genannten Vernichtungsversuche des Feindes richteten sich — das müssen wir uns bewußt machen — gegen das Volk Israel als ganzes. Zuerst gegen das ganze Israel und später gegen ganz Juda. Wir sehen, wie der Kreis enger wird, bis der Angriff nur noch den einen meint, der Juda verheißen war: Jesus. Um dieses Kindes willen ließ der König Herodes, von Furcht und Eifersucht getrieben, in Bethlehem und an den Grenzen alle Kinder, die zweijährig und darunter waren, umbringen. Er wollte gewiß sein, daß dieser neugeborene König nicht heranwachsen, sondern aus der Welt geschafft würde. Wir wissen, wie Gott eingriff und Josef gebot, mit Maria und dem Kinde nach Ägypten zu fliehen.

Immer wieder geht es um Sein und Nichtsein, um Leben oder Tod.

Noch einmal gilt es, rückschauend etwas Wichtiges festzuhalten: Bei den Versuchen, das Werk Gottes zu zerstören, war es dem Feind immer darum gegangen, umzubringen, auszurotten, zu vertilgen. Sein Ziel war kein geringeres als die Endlösung der Judenfrage! Auch das Kind Jesus steht unter seinem Vernichtungswillen. In der Versuchungsgeschichte aber, wo der Feind dem Einen aus dem Hause Juda, Jesus, gegenübersteht, sehen wir, daß er mit aller ihm zur Verfügung stehenden Klugheit und mit seiner ganzen List genau auf das Gegenteil abzielt: Nämlich, daß Jesus nicht stirbt. Jesus sollte leben, um jeden Preis leben!

Wie ist diese verblüffende Wandlung zu erklären? Da muß sich doch etwas Entscheidendes zugetragen haben.

In der Tat, etwas ganz Entscheidendes war geschehen. Unmittelbar bevor Jesus vom Geist in die Wüste geführt worden war, hatte er sich im Jordan durch Johannes taufen lassen. Johannes hatte zur Buße gerufen, und „die Stadt Jerusalem und das ganze jüdische Land und alle Länder am Jordan gingen zu ihm hinaus, bekannten ihre Sünden und ließen sich taufen", so heißt es im Evangelium. Auch Jesus, der von keiner Sünde wußte, hatte die Taufe begehrt und sich damit unter die Sünder gestellt. Was in der Taufe Jesu geschehen ist, spricht Johannes in den prophetischen Worten aus: „Siehe, das ist Gottes Lamm, welches der Welt Sünde trägt." Mit der Taufe Jesu ist somit der Einstieg in sein Erlösungswerk vollzogen, ist der entscheidende Schritt zum Kreuz hin getan, denn bereits in der Taufe hat Jesus die Sünden auf sich genommen und den Weg zum Kreuz beschritten, um sie hinwegzutragen. Petrus sagt: „Welcher unsere Sünden selbst hinaufgetragen hat an seinem Leibe auf das Holz."

So besteht zwischen Taufe und Kreuz ein unmittelbarer Zusammenhang. Darum tritt so schnell auch der Versucher auf. Denn Jesus nimmt schon in seiner Taufe die Sünden der ganzen Welt auf sich und wird damit das

Ziel der satanischen Angriffe. So kann die Versuchungsgeschichte nur von Golgatha her richtig verstanden werden. Aber auch umgekehrt: So wirft die Versuchungsgeschichte Licht auf das Himmel und Erde bewegende
Geschehen auf Golgatha. Wenn wir das Kreuz Jesu von
der Versuchung trennen, dann fallen wir dem Versucher
anheim, und anstatt den Sieg der Liebe Gottes zu schau-
en, werden wir verführt, in der Kreuzigung eine Schuld
zu sehen, und vergessen, daß Jesus gerade durch seinen
Kreuzestod eine vollgültige und ewige Versöhnung geschaffen hat, für Israel wie für die ganze Völkerwelt.
Wohlgemerkt, Gott allein ist hier der Handelnde. „Er
hat beide versöhnt durch das Kreuz", sagt Paulus in
Epheser 2. So ist also jeder Christ aus dem Volk der Juden ein Zeuge der Versöhnung, so wie auch jeder Christ
aus der Völkerwelt es ist. Darum ist die Gemeinde Jesu
— die eben aus b e i d e n besteht, aus Juden und Heiden — der Beweis des Sieges Gottes auf Golgatha. Lassen wir aber die frohe Botschaft vom Kreuz nur für die
Völkerwelt und nicht auch für Israel gelten, dann haben
wir den Boden der Heiligen Schrift verlassen und machen somit die Durchschlagkraft des Evangeliums zunichte. Hier befinden wir uns in einer latenten Krise der
Verkündigung der Kirche, die oft ihr Heil loslöst von
dem Volk, das es hervorgebracht hat.

Alles hat seine Zeit, und der Versucher hat offenbar
seine besonderen von Gott eingeräumten Zeiten und
Orte der Wirksamkeit. Noch einmal, wesentlich später,
tritt er wieder an Jesus heran. Als der Herr seinen Jüngern das erste Mal seinen besonderen Leidensweg an-
kündigt, erschrickt Petrus: „Das widerfahre dir nur
nicht!" Wie begreiflich war diese menschliche Reaktion.
Petrus liebte seinen Meister, und der bloße Gedanke,
daß er durch Leiden gehen sollte, erschütterte ihn aufs
tiefste. Um so unbegreiflicher will uns die harte Antwort Jesu erscheinen: „Hebe dich hinweg von mir, Satan!" Doch Jesus hatte sofort die Stimme des Versu-

chers erkannt, obwohl dieser sich mit dem Deckmantel der warnenden Liebe des Jüngers tarnte.

Erst n a c h der Auferstehung, als Jesus schon alles vollbracht hatte, öffnete er seinen enttäuschten und traurigen Jüngern die Schrift: „M u ß t e nicht Christus solches leiden und zu seiner Herrlichkeit eingehen?" Das Geheimnis des Kreuzes mußte Geheimnis bleiben bis alles, was in der Schrift auf den leidenden Gottesknecht hindeutete, erfüllt war. Als Jesus am Kreuz ausrief: „Es ist vollbracht", war damit auch die letzte Weissagung, die auf sein erstes Kommen deutete, erfüllt; das Erlösungswerk Gottes war vollbracht, denn „Gott war in Christo und versöhnte die Welt mit sich selbst".

Keine Macht hat Gott aufhalten können, sein Heil der Welt zu bringen. Alles, was dem entgegenstand und das verhindern wollte, mußte an ihm, dem Fels unwandelbarer Treue und Liebe, zerschellen. Keine Macht konnte Gott aufhalten, der Welt sein Heil zu bringen, und keine Macht w i r d ihn aufhalten auf seinem Siegeszug, in dem er seine Macht und Herrlichkeit vor der ganzen Völkerwelt offenbaren wird. Denn Jesus kommt wieder! Er wird aus seiner Verborgenheit heraustreten und seine Herrlichkeit vor der Völkerwelt offenbar machen. Der Weg der Liebe Gottes für die Welt geht ununterbrochen weiter, dem von Gott gesteckten herrlichen Ziel entgegen. Der Träger der Verheißung dafür ist noch immer dasselbe Volk. Von daher erklärt es sich, warum der Feind von diesem Volk nicht abläßt, ja, es zu vertilgen sucht. Israel ist das Volk, durch welches Gott sein Heil für die Welt gewirkt hat und das er sich bewahrt, um sich bei seiner Wiederkunft auf dieser Erde angesichts der Völkerwelt zu verherrlichen.

Bis zu diesem Zeitpunkt geschieht die Einsammlung der Erstlingsschar, die die Gemeinde Jesu Christi ist, sowohl aus Juden wie aus den Völkern. Diese seine Gemeinde ist ein himmlisches Volk mit einer himmlischen Berufung und Zukunft. Seit Pfingsten ist die Gemeinde das Licht in der Finsternis dieser Welt. Darum ist auch sie beständig den Angriffen des Feindes ausgesetzt, der dieses Licht auszulöschen sucht. Darum durchlebt auch sie Krisen, die an die Wurzel ihrer Existenz gehen. Aber sie erlebt sie von Golgatha, vom offenen Grabe, vom Sieg der Auferstehung her. Ihre Krisen sind nicht weniger bedrängend, sie entscheiden nicht weniger Sein oder Nichtsein, Leben oder Tod. Aber sie hat das Wort ihres Herrn: „Die Pforten der Hölle werden sie nicht überwältigen" — „der Tod ist verschlungen in den Sieg". Das der Welt zu bezeugen, ist der Auftrag der Gemeinde.

Wie wir dem Feind begegnen können, hat uns Jesus in seinem Verhalten bei seiner Versuchung deutlich gezeigt. Durch das Schwert des Wortes hat er allen Anläufen siegreich widerstanden. „Es steht geschrieben", lautete jedesmal seine Antwort. Dieselbe Waffe hat der Auferstandene auch in die Hände seiner Jünger und damit auch in unsere gelegt, und diese ist die ganze heilige Schrift, das prophetische Wort. Je dunkler es in dieser Welt wird, und je mehr Irrlehren und Lügen sich in die Gemeinde Christi einschleichen und viele dadurch verwirrt und verführt werden, um so fester wollen wir halten am prophetischen Wort, das das Licht auf unserem Wege ist. Nur wenn wir auf dem Felsengrund der ganzen Heiligen Schrift stehen, aus dem Wort leben und mit dem Wort uns wehren, können auch wir in Jesus, dem Sieger, den Sieg erringen!

7. EIN LOB DER TREUE GOTTES

Predigt über Lukas 1, 26—33

„Im sechsten Monat ward der Engel Gabriel gesandt von Gott in eine Stadt in Galiläa, die da heißt Nazareth, zu einer Jungfrau vom Hause David, die vertraut war einem Manne mit Namen Joseph; und die Jungfrau hieß

Maria. Und der Engel sprach zu ihr: Fürchte dich nicht,
Maria, du hast Gnade bei Gott gefunden. Siehe, du wirst
schwanger werden und einen Sohn gebären, des Namen
sollst du JESUS heißen. Der wird groß sein und ein
Sohn des Höchsten genannt werden; und Gott der Herr
wird ihm den Thron seines Vaters David geben, und er
wird ein König sein über das Haus Jakob ewiglich, und
seines Reiches wird kein Ende sein."   Lukas 1, 26—33

Diese Engelbotschaft war die Wiederholung und Bestätigung der Verheißungen Gottes an sein Volk durch
den Propheten Jesaja. Auch er hatte die Geburt eines
Kindes verkündet, auf dessen Schulter die Herrschaft ru-
hen und dessen Reich kein Ende haben wird.

Ist es nicht verwunderlich, daß Maria auf diese Verkündigung des Engels, und später auch auf den Gruß der
Elisabeth hin, einen Lobpreis über die Treue Gottes an-
stimmt? Wo die Treue Gottes geschaut und gerühmt
wird, da ist der heilige Geist am Werk. Denn die Treue
Gottes hat immer eine sehr lange Vergangenheit, und
nur durch den heiligen Geist können wir tiefe und weite
Blicke in die ferne Vergangenheit seines Wirkens tun
und die großen Taten Gottes erkennen. Und wo Gottes
Geist am Werk ist, da geht es immer um die Ehre und
Herrlichkeit des Herrn. Auch wir, seine Gemeinde, wollen in dieses Lob miteinstimmen und einen Blick in die
unverbrüchliche Treue Gottes tun und darüber auch
staunen. Christen sind mit geöffneten Augen beschenkt,
und deshalb sind sie staunende Menschen.

Die Treue unseres Gottes wird uns besonders in der
Person der Maria deutlich vor Augen gestellt. Doch wer
ist diese Maria eigentlich? Sie ist ein Glied des Volkes
Israel, eine Jüdin aus dem Stamm Juda. Juda, der vierte
Sohn Jakobs, hatte die Verheißung empfangen, daß aus
ihm der ewige König Israels, der Herrscher, dem auch
die Völker anhangen werden, kommen würde. Maria
war darüber hinaus auch ein Glied des königlichen Hau-
ses David, und David hat dieselbe Verheißung erhalten,

daß der ewige König Israels sein leiblicher Nachkomme sein würde.

Uns ist meist nur der Stammbaum Josephs bekannt. Selbstverständlich stammt auch er aus dem Hause David. Aber erst nachdem Jesus durch den heiligen Geist empfangen und von der Jungfrau Maria geboren war, ist Joseph der Ehemann Marias geworden.

Auch von Maria ist uns der Stammbaum aufgezeichnet worden, obwohl ihr Name darin nicht einmal genannt ist. Während der Stammbaum Josephs nur bis Abraham zurückgeht und über Davids Sohn Salomo führt, geht der Stammbaum der Maria viel weiter zurück. Ihre Linie geht über den anderen Sohn Davids, über Nathan, und führt sogar bis auf Adam zurück. Diese Tatsache hat einen gewichtigen Grund. Bedenken wir: die erste Verheißung für den kommenden Heiland und Retter war schon Adam gegeben. Wir kennen die Geschichte vom Sündenfall. Nachdem Adam und Eva durch Unglauben und Ungehorsam von Gott abgefallen waren, hatte der Herr die schweren Folgen der Sünde angekündigt. Aber zugleich ließ er auch die ersten Strahlen der Hoffnung über das Kommen des Erlösers aufleuchten. Dabei redet Gott von dem „Samen des Weibes". Das ist einmalig, denn in der ganzen heiligen Schrift ist dies die einzige Stelle, wo von einem Samen des Weibes gesprochen wird. Die Bibel redet sonst immer nur vom Samen des Mannes. Und dieses Weib, dessen Same der Heiland sein würde, ist die Maria. Die Verheißung lautet, daß der Same des Weibes kommen und der Schlange den Kopf zertreten wird. Das geschah auf Golgatha. Dort hat er die Schlange, den Feind und Widersacher Gottes, besiegt. Dazu allein ist der Nachkomme Davids Mensch geworden. In Hebräer 2, 14 heißt es, „weil wir Menschenkinder Fleisch und Blut haben, ist er" — also Jesus — „dessen auch teilhaftig geworden". Und warum? „Auf daß er durch den Tod die Macht nehme dem, der des Todes Gewalt hatte, das ist:

dem Teufel." Auf Golgatha hat der verheißene Same des Weibes den einmaligen Sieg errungen und eine ewige Erlösung geschaffen. Eine Erlösung, die nicht nur für heute, sondern auch für gestern und für alle Ewigkeit gilt, denn „Jesus Christus ist gestern, heute und derselbe in alle Ewigkeit" — „seines Reiches wird kein Ende sein", sagte der Engel.

Ist es nicht auffällig, daß der Engel mit dieser überwältigenden Botschaft den Blick der Maria in ferne Zukunft lenkt, eine Zukunft, auf die Israel wartete und bis zu diesem Tage sehnlich wartet? Er spricht zu ihr über das Kommen des ewigen Königs, des Sohnes Davids in einer aller Welt offenbaren Macht und Herrlichkeit. Der Engel Gabriel redet über die Geburt eines Kindes, dem Gott der Herr den Thron seines Vaters David geben wird, „und er wird König sein über das Haus Jakob ewiglich". Und zu d i e s e r A u f g a b e, nämlich Mutter des Königs des Herrschers der Herrlichkeit zu sein, hatte Maria ein gehorsames JA. Was sie verwunderte, war die Engelerscheinung, und daß sie als Jungfrau schwanger werden und ein Kind zur Welt bringen sollte. Kein Wunder, daß sie fragt: „Wie soll das zugehen, da ich doch von keinem Manne weiß?" Der Engel antwortet: „Der heilige Geist wird über dich kommen, und die Kraft des Höchsten wird dich umschatten."

Wir müssen dabei beachten, daß der Engel Gabriel nur von der Herrlichkeit des kommenden Königs sprach, nicht aber davon, daß dieses Kindlein ein Mann der Schmerzen werden sollte, der leidende Gottesknecht, der Allerverachtetste, das Lamm, das zur Schlachtbank geführt werden sollte. Von alledem sprach der Engel zu Maria kein Wort! Davon durfte Maria damals noch nichts wissen. Das war verhüllt und verdeckt; denn es war das Geheimnis der Liebe Gottes für die Welt, das erst nach Pfingsten aufgeschlossen wurde.

Etliche Tage nach dem Besuch des Engels geht Maria auf das Gebirge zu ihrer Verwandten Elisabeth. Diese —

erfüllt von dem heiligen Geist — begrüßt Maria als die Mutter ihres Herrn und fährt dann fort: „O selig bist du, daß du geglaubt hast, denn es wird vollendet werden, was dir gesagt ist von dem Herrn." Mit diesem Gruß wird noch einmal Maria die gewaltige und unfaßbare Botschaft bestätigt. Und wie sehr bedurfte sie dieser Gewißmachung angesichts dessen, was ihr bevorstand! Wieder stimmt Maria den Lobpreis der Treue Gottes an: „Meine Seele erhebet den Herrn, und mein Geist freut sich Gottes, meines Heilandes. Er gedenkt der Barmherzigkeit und hilft seinem Diener Israel auf, wie er geredet hat unsern Vätern, Abraham und seinem Samen ewiglich." Maria sah die Engelbotschaft in direktem Zusammenhang mit den Verheißungen Gottes an Abraham. Sie rühmt die Treue Gottes in der Gewißheit, daß der Herr alle Verheißungen erfüllen und den mächtigen König senden wird.

Und dann kam die Stunde, in der das Kindlein geboren werden sollte. Durch den Propheten Micha hatte Gott auch den Ort bezeichnet, wo dies geschehen würde. Es heißt da: „Und du Bethlehem, die du klein bist unter den Städten in Juda, aus dir soll mir der kommen, der in Israel Herr sei." Ist es nicht wunderbar zu sehen, wie Gott die von Kaiser Augustus befohlene Volkszählung gebrauchte, um Maria mit Joseph nach Bethlehem gehen zu lassen? Aber schon damit begann für Maria ein Weg voller Not und Leiden. Durch die Volkszählung strömten so viele Menschen nach Bethlehem, daß da einfach kein Platz mehr in irgendeiner Herberge war und Maria ihr Kind in einem Stall zur Welt bringen mußte. Die Futterkrippe von Ochs und Esel war sein Bett. Jede Mutter kann mitfühlen, was dies für Maria bedeutet haben mag! Doch auch der weitere Weg mit ihrem Sohn war schwer. Sie konnte Jesus nicht verstehen, am wenigsten am Karfreitag. Und als er schließlich am Fluchholz — am römischen Galgen — hing und sein Leben aushauchte, da war Maria gewiß, daß dieser ihr Sohn nicht der verheißene Herr und König Israels sein konnte. Vergessen wir nicht: Das Geheimnis der Menschwerdung und des Kreuzes war noch verhüllt und verdeckt. Niemand, kein einziges Glied des Volkes Israel konnte damals wissen, daß „Christus durch Leiden in seine Herrlichkeit eingehen mußte". Das hat Gott erst nach der Auferstehung aufgeschlossen. Dieses Nichtverstehen und Nichterkennenkönnen machte der Maria den Karfreitag noch schwerer und dunkler. Und nicht nur ihr, sondern auch den Jüngern. Sie waren ja alle Juden und daher noch unter der „Decke" des Nichtverstehens. Darum erwarteten sie den verheißenen Herrn ausschließlich so, wie ihn der Engel Gabriel der Maria angekündigt hatte: auf dem Thron des Königs David und als „König über das Haus Jakob". So konnte es nicht ausbleiben, daß die Jünger enttäuscht und traurig waren, wie etwa die Jünger auf dem Wege nach Emmaus. Wie traurig und enttäuscht hatten sie Jerusalem verlassen! Solange Jesus mit ihnen auf dem Wege war und die großen Taten vollbrachte, hatten sie gehofft, daß er der verheißene Messias sei. Als er aber seinen bevorstehenden Leidensweg ankündigte, standen sie hilflos und verständnislos da. Wenn der Herr über seinen bevorstehenden Leidensweg und über sein Sterben spricht, lesen wir immer: „Aber die Jünger verstanden es nicht." Ja, die Jünger waren enttäuscht, denn ihr lebendiges und brennendes Warten auf den Herrn der Herrlichkeit war ja schon durch die Propheten und die Psalmen wachgehalten. Wie viele Psalmen reden über den kommenden König und Herrscher! Und nun stirbt er am Kreuz! Das war unbegreiflich und sehr schmerzlich. Enttäuschung tut weh. Sie tat auch den Jüngern weh — bis Jesus von den Toten auferstand und selbst zu seinen Jüngern trat und ihnen „die Schrift öffnete", mit anderen Worten: ihnen die Decke von den Augen nahm. Jetzt, nachdem das Erlösungswerk vollbracht war, öffnete er ihnen das Verständnis, so daß sie in dem Gekreuzigten den Herrn der Herrlichkeit erkennen konnten.

Nun steht eine ganz entscheidende Frage vor uns: Warum durfte der Engel Gabriel den Herrn n u r als den in Herrlichkeit kommenden König ankündigen? Warum sprach er nicht über die allernächste Zukunft, nämlich über den in Niedrigkeit leidenden Gottesknecht?

Ganz gewiß ist es zunächst die erbarmende Liebe Gottes zu Maria. Keine werdende Mutter könnte das Wissen ertragen, daß das Kindlein, das sie zur Welt bringen wird, für uns einen frühen und dazu noch so schmählichen Tod bestimmt ist. Haben wir schon einmal unserem Herrn gedankt, von Herzen gedankt für seine Güte, mit der er uns die Zukunft verhüllt? Wir dürfen nur den nächsten Schritt, den wir eben tun, sehen. Also das „heute". Aber das „morgen" ist uns gütig verborgen.

Ich denke z. B. an die schwere Verfolgungszeit, die ich in Ungarn erleben mußte. Wir hätten es nicht ertragen können, wenn wir nur eine Stunde vorher gewußt hätten, wie wir von unseren Lieben getrennt und verschleppt würden. Die Güte des Herrn war es, die uns das alles verhüllte. Aber von Stunde zu Stunde empfingen wir die Kraft, die eben für das „heute", das „jetzt", nötig war. In jenen Zeiten habe ich das Wort erst richtig verstanden: „Sorget nicht um den Morgen, denn der morgende Tag wird für das Seine sorgen. Es ist genug, daß ein jeglicher Tag seine eigene Plage habe." Für das „heute" bekommen wir die nötige Kraft.

Nur ein einziger Mensch konnte das Wissen um seinen bevorstehenden Leidensweg und Tod ertragen: Jesus. Er selbst bezeugt: „Ich bin nicht gekommen zu herrschen, sondern zu dienen und mein Leben zu lassen." Damit sagte Jesus genau das Gegenteil von dem, was der Engel Gabriel über ihn angekündigt hatte. Jener hatte den kommenden Herrscher angekündigt, doch Jesus spricht vom Dienen und davon, daß er sein Leben lassen werde. Auch das Geheimnis der Weihnacht konnte erst *nach* der Auferstehung verstanden werden, daß nämlich Weihnachten der einzig Lebendige aus dem Himmel zu uns Toten herabgestiegen war, zu uns, die wir alle „tot sind in unseren Sünden".

Vor mehreren Jahren lasen wir in der Zeitung über ein schweres Grubenunglück. Viele Menschen waren verschüttet und in Tiefe und Finsternis lebendig begraben. Sie hatten nur eine einzige Hoffnung: daß jemand oder eine Gruppe von Menschen, die oben und in der Freiheit waren, von ihrer Not wissen und es wagen würden, in die Tiefe hinabzusteigen, um sie aus ihrer Verlorenheit herauszuretten. Und es gab solche, die es wagten. Aber alle diese Retter, die zu den verschütteten Bergleuten in die Tiefe gestiegen waren, wagten es in der Zuversicht, daß sie die Verunglückten retten und dabei selbst verschont bleiben würden. Das ist menschlich und selbstverständlich. Aber als Jesus seine Herrlichkeit verlassen hat, kam er in dem Wissen, daß dieser Weg sein Leben kosten mußte.

Es gibt aber noch eine andere Antwort auf die Frage, warum der Engelbote n u r von dem kommenden König in Herrlichkeit sprechen durfte und über den Leidensweg und das Sterben Jesu schweigen mußte.

Auch das geschah aus erbarmender Liebe Gottes, aber nicht nur aus Liebe zu Maria und ihrem Volk, sondern aus Liebe zur ganzen Welt. Denn nur weil „die Decke" über Israel lag, das Nichterkennen-*können*, nur so konnte Gott der Herr das Heil für die Welt wirken. Denn wozu anders hatte er Israel erwählt, wenn nicht dazu, seine Liebesgedanken für die Welt zu verwirklichen. Allein aus diesem Grunde gab er Israel sein heiliges Gesetz, in dem das oberste Gebot heißt: „Höre, Israel, dein Gott ist ein einziger Gott ... du sollst keine anderen Götter neben mir haben." Nur von daher ist es zu verstehen, daß im Gesetz Mose auf Gotteslästerung die Todesstrafe stand.

Immer wieder entdecke ich, daß mein Herz viel zu klein ist, die Liebe Gottes zu erfassen. So etwa, wenn Jesus sagt: *„So sehr* hat Gott die Welt geliebt, daß er seinen eingeborenen Sohn gab." E r   g a b   i h n , und er gab ihn in den Tod. Jesus sagt: „Niemand nimmt mein Leben von mir, sondern ich lasse es von mir selber. Ich bin nicht gekommen zu herrschen, sondern zu dienen und mein Leben zu lassen." In dem Augenblick, wo Jesus sich vor dem hohen Rat unmißverständlich und klar als Gottes Sohn bekannte, mußte notgedrungen dieses Gesetz des Mose gegen Jesus in Anwendung kommen. Unbegreifliches Geschehen! Der Geber des Gesetzes, der Heilige in Israel, gibt sich durch sein eigenes Gesetz in den Tod, auf d a ß   e r   d a s   H e i l   f ü r   d i e g a n z e   W e l t   wirken konnte, auf daß er, der verheißene Same des Weibes, der Schlange den Kopf zertrete. Und das hat er getan auf Golgatha! Da sehen wir, wie beides, das Gesetz und die „Decke" über Israel, die Mittel seiner rettenden Liebe für die ganze Welt sind.

Und schließlich die dritte und letzte Antwort auf unsere Frage, warum der Engel Gabriel schon vor der Geburt Jesu das Kommen des großen Königs, dessen Reich kein Ende haben wird, verkündigen mußte:

Liebe Freunde! Wir sind in unserem bunten Dasein so leicht abgelenkt und vergessen, daß wir, die Gemeinde Christi, wenn es richtig mit uns steht, in einem ständigen Advent, in einer lebendigen Erwartung des kommenden Herrn der Herrlichkeit leben sollten. U n s e r H e r r   k o m m t ! Das ist die Antwort! Jawohl, er kommt! Der Engel hat doch keine Unwahrheit verkündigt. Heute leben wir in der Zeit der Gemeinde, die die Zeit der Einsammlung der Erstlingsschar ist. Es ist die Zeit der Evangelisation, wo Gott durch das verkündigte lebendige Wort Menschen aus Juden und aus der Völkerwelt herausruft und in sein Reich versetzt. Wir sind **als Gemeinde das aufgerichtete Zeichen für den Sieg**

Gottes auf Golgatha und zugleich für den Anbruch der Neuschöpfung, denn, „ist jemand in Christus, so ist er eine neue Kreatur".

Welch eine Tragkraft die lebendige Hoffnung auf den kommenden Herrn bedeutet, wird uns an Israel deutlich. Bedenken wir, daß dieses Volk schon seit über dreitausend Jahren auf den König wartet, der durch den Propheten und schließlich auch durch den Engel Gabriel angekündigt war. Israel und die Gemeinde sind eins in der Erwartung, in dieser lebendigen Hoffnung.

Israel wartet auf den Kommenden und wir auf den Wiederkommenden. Wir wollen je länger desto mehr in das Loblied der Maria einstimmen und die Treue Gottes rühmen. Seine Treue ist unsere einzige Hoffnung. Petrus sagt: „Gelobt sei Gott, der uns wiedergeboren hat zu einer lebendigen Hoffnung durch die Auferstehung Jesu Christi von den Toten."

8. IHR SEID TEUER ERKAUFT

Predigt über 2. Mose 12, 1—14 und 1. Petrus 1, 18—19

„Der Herr aber sprach zu Mose und Aaron in Ägyptenland: Dieser Monat soll bei euch der erste Monat sein, und von ihm an sollt ihr die Monate des Jahres zählen. Sagt der ganzen Gemeinde Israel: Am zehnten Tag dieses Monats nehme jeder Hausvater ein Lamm, je ein Lamm für ein Haus! ... Da soll es die ganze Gemeinde Israel schlachten gegen Abend. Und sie sollen von seinem Blut nehmen und beide Pfosten an der Tür und die obere Schwelle damit bestreichen an den Häusern, in denen sie es essen ... Dann aber soll das Blut euer Zeichen sein an den Häusern, in denen ihr seid: Wo ich das Blut sehe, will ich an euch vorübergehen, und die Plage soll euch nicht widerfahren, die das Verderben bringt, wenn ich Ägyptenland schlage. Ihr sollt

diesen Tag als Gedenktag haben und ihr sollt ihn feiern als ein Fest für den Herrn, ihr und alle eure Nachkommen, als ewige Ordnung."

2. Mose 12, 1—14

Und aus 1. Petrus 1, 18—19: „ . . . und wisset, daß ihr nicht mit vergänglichem Silber oder Gold erlöst seid, . . . sondern mit dem teuren Blut Christi, als eines unschuldigen und unbefleckten Lammes, der zwar zuvor ersehen ist, ehe der Welt Grund gelegt ward, aber offenbart zu den letzten Zeiten um euretwillen."

Wenn Augen, die an tiefe Finsternis gewöhnt sind, plötzlich durch helles Licht erleuchtet werden, können sie erblinden. Soll das Licht erleuchten, muß es für das aus dem Dunkel kommende Auge zunächst abgeblendet werden. Erst nachdem sich das Auge an das schwache Licht gewöhnt hat, kann dies nach und nach in seiner ganzen Kraft aufleuchten.

So etwa verhält es sich mit dem vollen Licht des Evangeliums, das Gott in der Finsternis unserer Verlorenheit hat aufgehen lassen. Dieses Licht ist J e s u s C h r i s t u s , der helle Morgenstern. Doch ehe er auf diese Erde kam, die Erlösungstat Gottes zu vollbringen und damit die Liebe Gottes zu offenbaren, bereitete er unsere Augen und Herzen durch ein „kleineres Licht" zu. Dieses kleinere Licht ist Gottes Geschichte mit seinem Volk Israel; eine Geschichte, die unsere Bibel geworden ist. Darin bekommen wir eine Vorschattung für das, was zu unserer Befreiung aus der Knechtschaft der Sünde geschehen sollte.

Wie könnten wir auch nur von ferne ahnen, was an Karfreitag auf dieser Erde wirklich geschah, wenn uns hier nicht die Einsetzung des Passahlammes in allen Einzelheiten aufgezeichnet wäre. Es ist die Geschichte von der Erlösung Israels aus der Knechtschaft der Ägypter. Durch dieses Geschehen — nennen wir es ruhig einmal das „kleinere Licht" — soll uns die große Liebe Gottes für die Welt faßbar werden.

Ein bekannter Theologe, ein Alttestamentler, hat einmal gesagt: „Am schönsten erklingt das Evangelium Christi, wenn die Glocke des Neuen Testamentes durch den Glockenschläger des Alten Testamentes zum Klingen gebracht wird. Dann erst erklingt das anbetende Staunen über die Liebe und Treue Gottes, die auf Golgatha eine einmalige und ewige Erlösung durch das Blut der Versöhnung für die ganze Welt geschaffen hat."

Darum wollen auch wir jetzt den Glockenschläger des Alten Testamentes gebrauchen:

Nach einer Leidenszeit der Sklaverei von etwa vierhundert Jahren schlug für das Volk Israel endlich die ersehnte Stunde der Befreiung. Bis zu diesem Zeitpunkt hatte es seinen Gott als den Allmächtigen, den Schöpfer Himmels und der Erde gekannt, und als den gütigen himmlischen Vater erlebt, der die Seinen in großer Liebe und Treue durch all die Leiden in der Knechtschaft hindurchgetragen hatte.

Nun aber sollten sie ihn als den Heiland und Erlöser erfahren. Diese Befreiung durch Gott brachte eine solch entscheidende Wende im Leben des Volkes, daß dies auch durch eine ganz neue Zeitrechnung unterstrichen werden sollte. Gott befahl durch Mose, den Monat der Befreiung von nun an als den ersten Monat des Jahres zu rechnen. Das Alte war vergangen, und nun brach etwas ganz Neues für das Volk an. Ist es nicht, als hörten wir darin aus der fernen Zukunft das triumphierende Zeugnis des Apostels: „Das Alte ist vergangen, siehe, es ist alles neu geworden"? Aber dieser Anbruch des wahrlich völlig Neuen konnte erst durch die einmalige und ewige Erlösung, durch das Blut des wahren Gotteslammes, das auf Golgatha vergossen wurde, geschehen.

Weiter hatte der Herr befohlen, daß jeder Hausvater — nach der Zahl seiner Familie — ein Lamm nehmen sollte, ganz Israel mußte es schlachten und mit dem Blut die beiden Türpfosten und die obere Schwelle bestreichen. Das Blut sollte ein Zeichen sein, woraufhin die, die in den mit Blut gezeichneten Häusern waren, verschont blieben vor dem Gericht, das der Herr an ganz Ägypten vollziehen wollte. Schon so früh, also schon bei der Volkwerdung, hatten sie — und durch ihre Geschichte nun auch wir Christen — lernen sollen, daß Gottes Heiligkeit und Gerechtigkeit durch die Sünde verletzt ist und daß ohne Blutvergießen keine Vergebung geschieht.

So steht es auch im Hebräerbrief. Darum hat Gott in seiner erbarmenden Liebe zu dem Sünder selbst das Blut der Versöhnung auf den Altar gegeben. Denn — so heißt es in 3. Mose — „das Blut ist die Versöhnung, weil das Leben darin ist". So war der ganze Opferdienst in Israel, den Gott geordnet und geboten hatte, eine einzige unmißverständliche Hindeutung auf die Heiligkeit und Gerechtigkeit des Herrn einerseits, aber auch auf seine Liebe andererseits, die nicht den Tod des Sünders will, sondern sich ein Lamm zum Sündenopfer ersehen hat. In jener Nacht der Einsetzung des Passahlammes sollte ganz Israel wissen — und durch Israel auch wir —, daß Gott, wenn es um die Erlösung geht, einzig auf das von ihm bestimmte Opfer eines Lammes schaut. Wie könnten wir sonst begreifen, was Petrus meinte, wenn er sagt: „Ihr seid teuer erkauft. Nicht mit vergänglichem Silber oder Gold, sondern mit dem teuren Blut Christi als eines unschuldigen und unbefleckten Lammes."

Aber da war noch ein Drittes, das uns heute viel zu sagen hat. Es heißt weiter: Daß die Erlösten, mit anderen Worten die Verschonten, die in den mit Blut gezeichneten Häusern waren, das Lamm e s s e n mußten. Welch ein Einssein mit dem Opferlamm! Das Lamm, dessen Blut Rettung und Leben bedeutete, sollte zugleich als Wegzehrung dienen für den neuen Weg mit dem lebendigen Gott, der ihr Heiland geworden war.

Jesus, der Mensch geworden ist, um das wahre Lamm

Gottes zu sein, sagte: „Wer mein Fleisch ißt und trinkt mein Blut, der hat das ewige Leben" (Joh. 6, 54). Als Jesus das aussprach, war das Verständnis dieser Worte von Gott her noch verhüllt. Es war noch ein Geheimnis. Es waren Worte der Verheißung, prophetische Worte; aber das Geheimnis der Menschwerdung Jesu mußte ein Geheimnis b l e i b e n , b i s d a ß er als das Gotteslamm seine Erlösungstat vollbrachte, bis daß er durch die Auferstehung sich als Sohn Gottes erwiesen und einen neuen lebendigen Weg öffnete durch sein Blut, das Blut der Versöhnung. In Lukas 24 lesen wir, daß der Auferstandene zu seinen enttäuschten und traurigen Jüngern kommt und ihnen als ersten das Verständnis öffnete, damit sie die Schrift verständen. Erst da konnten sie in dem am römischen Galgen hingerichteten Jesus den verheißenden Erlöser und Herrn erkennen. Nicht zuvor! Damit wurde dann auch die Bedeutung dieser seiner Worte offenbar, so daß n a c h dem Pfingsterleben ein Petrus verkündigen konnte: „Ihr seid teuer erkauft, nicht mit vergänglichem Silber oder Gold, sondern durch das teure Blut Christi als eines unschuldigen Lammes." Auch dem Paulus wurden die Augen von dem erhöhten Herrn aufgetan, daß es „wie Schuppen von seinen Augen fiel", und er verkündigte: „Christus ist unser Passahlamm."

Das Wunder der Erlösung aus Ägypten war im Leben Israels solch ein Wendepunkt, ein so gewaltiges Ereignis, daß sie dessen in jedem Jahr gedenken sollten. Das jährliche Passahfest ist das erste Fest, das der Herr seinem Volk eingesetzt und zu halten geboten hatte. Seit etwa 3500 Jahren feiert Israel das Passahfest. Es kann und darf nicht vergessen werden, daß der Herr ein lebendiger Gott ist, der Wunder tut. Ein Gott, der mächtiger ist als alle Feinde seiner Erwählten.

Zu meinen schönsten Kindheitserinnerungen gehören diese jüdischen Passahfeste. Es ist ein Fest des Lobens und Dankens für Gottes wunderbare Befreiung. Aber solch ein Passahfest ist nicht nur ein Rückblick, eine Erinnerung an ein historisches Ereignis, sondern vielmehr auch ein Bekenntnis der lebendigen Hoffnung für eine einmalige und ewige Erlösung Israels und für die Aufrichtung des Reiches Gottes auf dieser Erde, wo der Herr der König aller Könige sein wird. Israel glaubt, was der Psalmist ausspricht: „Das Wort Gottes ist wahrhaftig, und was er verheißt, das hält er auch gewiß." Als Zeichen dieser lebendigen Erwartung des Kommenden ist stets noch ein überzähliges Glas Wein auf den festlich gedeckten Tisch gestellt. Ein Freudenkelch. Sogar die Tür wird während der Feier des Passahmahles für einige Minuten aufgetan zum Zeichen der sehnlichen Erwartung. Und weil nach dem prophetischen Wort sein Kommen in offenbarer Macht und Herrlichkeit in Jerusalem, am Ölberg, zu erwarten ist, verabschieden sich Juden, die heute noch in der Zerstreuung leben, nach Beendigung des Passahfestes mit den Worten: „Nächstes Jahr schon in Jerusalem!" Da sehen wir, wie Gott selbst all die Verheißungen, die auf den kommenden Herrn der Herrlichkeit und auf die Aufrichtung seines Friedensreiches hinweisen, in seinem Volk wachhält. Diese prophetischen Worte sind Israel nicht verhüllt, sondern vielmehr auf den Leuchter gestellt. Nur kraft dieser lebendigen Hoffnung — sei es bewußt oder unbewußt — konnte Israel den Leidensweg seit Jahrhunderten gehen und geht ihn bis zu diesem Tag. Dieser Weg ist ein Weg mitten unter Feinden, die sie lieber heute als morgen aus der Welt schaffen möchten. Aber der treue Gott Israels ist mit den Seinen. Keine Generation kann es so deutlich sehen wie gerade die unsere. Wenn wir von Gott geöffnete Augen haben, dann sehen wir beides, den immer zunehmenden Haß mit dem Versuch, Israel auszuradieren, und den Sieg Gottes, wie er dieses kleine Häuflein noch immer trägt und ihnen einen Tisch deckt angesichts ihrer Feinde. Er ist der gute Hirte und Hüter Israels.

Jesus, der als ein Glied des Volkes Israel Mensch geworden war, feierte die Feste seines Volkes. So auch die jährlichen Passahfeste. Als für ihn dann aber das letzte Passahfest hier auf Erden kam, das er mit seinen zwölf Jüngern feierte, die ja alle — wie er selbst — Juden waren, geschah etwas ganz Ungewöhnliches. Schon während des Passahmahles nahm er das ungesäuerte Brot, brach es nach dem Passahritus, aber er fügte die Worte hinzu: „Nehmet und esset alle davon, das ist mein Leib." Nach dem Passahmahl nahm er den Kelch — den Kelch, der für den Kommenden bereitet war —, aber er trank nicht daraus. Für Jesus war zunächst ein anderer Kelch bereitet. Ein bitterer Kelch, den er im Garten Gethsemane aus seines Vaters Hand im Gehorsam angenommen und am Kreuz ausgetrunken hat. Jesus ist Mensch geworden mit dem Ziel, sterben zu können, sein Blut zu vergießen. „Ich bin nicht gekommen zu herrschen, sondern zu dienen und mein Leben zu lassen." Darum hat der Engel Gabriel bei der Ankündigung der Geburt Jesu gesagt: „Sein Name soll Jesus heißen — das ist verdolmetscht: Gott ist der Retter und Heiland —, denn er wird sein Volk erlösen von ihren Sünden." Das ist am Kreuz geschehen.

Jesus nahm den Kelch, aber er trank nicht daraus. Statt dessen gab er ihn seinen Jüngern mit den Worten: „Trinket alle daraus; das ist mein Blut des erneuerten Bundes, welches vergossen wird für euch und für viele zur Vergebung der Sünden."

Der Bund, den Gott mit seinem Volk Israel am Berg Sinai gemacht hat, war auf Blut gegründet. Darum ist es ein Bund, der niemals durch die Sünde des Volkes hinfällig werden konnte. Denn das Blut des Bundes war und ist das Blut der Versöhnung. Das Blut der Böcke konnte freilich die Sünden des Volkes nur bedecken. David sagt im 32. Psalm: „Wohl dem, dem die Übertretungen vergeben sind, dem die Sünde b e d e c k t ist." Deshalb mußte Israel jedes Jahr am Versöhnungstag neues Blut auf die Bundeslade sprengen, und das geschah immer wieder zur Bundeserneuerung. Bis daß die Zeit erfüllt war und der eine wahre Hohepriester Israels, der zugleich das Lamm war, durch sein einmaliges Opfer eine ewige Erlösung, eine endgültige Erneuerung des einen ewigen Bundes geschaffen hat. Das Blut Jesu hat die Sünden seines Volkes, die bis Golgatha unter der Deckung des Blutes der Opfertiere waren, w e g g e t r a g e n (Hebr. 9, 15), und Kolosser 2 heißt es, daß Jesus den Schuldbrief zerrissen hat. Sinai und Golgatha gehören unlösbar zusammen, denn „es sollen wohl Berge weichen und Hügel hinfallen, aber meine Gnade soll nicht von dir weichen, und der Bund meines Friedens soll nicht hinfallen, spricht der Herr, dein Erbarmer."

Durch das Blut Jesu öffnete Gott einen neuen Weg zu diesem einen ewigen Bund auch für die Menschen aus der Völkerwelt. Welch ein Evangelium wurde dem Paulus anvertraut! Er, der Bote des Auferstandenen, war in seiner Person ein Zeichen dieser ewigen Versöhnung Gottes mit seinem Volk Israel; und nun sollte diese Versöhnung der ganzen Welt verkündigt werden. Gott war in Christus und versöhnte die Welt mit sich selbst.

Jesus sagte nicht nur: „Wer mein Fleisch ißt und mein Blut trinkt, hat das ewige Leben" — er hat auch gesagt: „Ich b i n das Brot des Lebens, und wer von diesem Brot essen wird, der wird ewiglich leben." Jedoch bevor nicht das Weizenkorn in die Erde fällt und erstirbt, gibt es kein Lebensbrot. Jesus starb als Weizenkorn, als er sich in den Tod gab. Gerade an einem Passahfest hat Gott der Herr die Errettung aus der Knechtschaft der Sünde durch das Blut Jesu gegeben. Nach dem Gesetz Mose (3. Mose 23, 11) mußte Israel drei Tage nach dem Passahfest das Fest der Erstlingsgarbe begehen. Und genau an solch einem Fest hat Gott die Auferstehung Jesu aus dem Tode geordnet. Aus dem Weizenkorn, das in die Erde fiel und sterben mußte, entsprang Leben, n e u e s Leben! Christus ist auferstanden von den Toten, er hat sich als Sieger und Überwinder von Sünde und Tod erwiesen. Aber die Erstlingsgarbe ist noch nicht das Lebensbrot, davon wir essen könnten und neues Leben empfangen. Dazu mußte noch etwas geschehen. Wiederum mußte nach dem Gesetz Mose Israel nach dem Fest der Erstlingsgarbe sieben Wochen, also 49 Tage, zählen und am 50. Tag das Fest des neuen Brotes feiern. Dieses Fest heißt eigentlich Fest des 50. Tages, das ist verdolmetscht: Pfingsten. Deshalb pilgerten Tausende und Abertausende von Juden und Judengenossen am 50. Tag nach dem Fest der Opfergabe nach Jerusalem, der Stadt Gottes, in den Tempel. Dort brachten sie Gott von dem neuen Brot ihre Erstlingsgarbe. Und was geschah an diesem Fest des neuen Brotes, an Pfingsten, also? Es geschah das größte Wunder, das die Welt je erlebt hat! Gott selbst reichte das neue Brot, das Brot des wahren und ewigen Lebens, den Jüngern dar.

Nun erst konnte erstmals das Evangelium Christi, nämlich die großen Taten Gottes, verkündigt werden. Es geschah zuallererst durch Petrus, der nicht nur Bote, sondern zugleich selber der unverkennbare Beweis der lebenschaffenden Kraft des Wortes Gottes geworden war. Denn Jesus ist das Wort, das Fleisch geworden ist, und seit er den verheißenen heiligen Geist nach seiner Verherrlichung ausgesandt hatte, ist das Wort der heiligen Schrift das Brot des Lebens geworden. Heute verstehen wir, was Jesus gemeint hat, als er sagte, „wer mein Fleisch ißt und mein Blut trinkt, der hat das ewige Leben". Wenn wir das lebendige Wort in uns aufnehmen, es im Glauben und Gehorsam in uns wirken lassen, dann wird unser ganzes Leben davon durchströmt, dann haben wir das Fleisch des Lammes als das Brot des Lebens gegessen. Und wenn wir zum Tisch des Herrn kommen und von dem Brot essen und aus dem Freudenkelch trinken, dann gedenken wir des Sieges, den er durch sein Blut errungen hat. Damit verkündigen wir seinen Tod, bis daß er kommt. Heute sind zwei Passahtische in der Welt. Der Passahtisch, an dem sich Israel versammelt in der sehnlichen Erwartung des kommenden Messias und Befreiers, der das Reich Gottes auf dieser Erde aufrichten und seine Herrlickeit und Macht offenbaren wird. Und der Tisch des Herrn, zu dem wir Christen geladen sind, gleichfalls mit der sehnlichen Erwartung auf denselben Herrn der Herrlichkeit, auf den auch Israel wartet. Israel und die Gemeinde gehen Hand in Hand dem Tage entgegen, wo wir nicht mehr im Glauben, sondern im Schauen leben werden. Dann werden wir schauen — „den König in seiner Schöne", wie es heißt.

Zum Schluß noch ein Gleichnis. Es ist bekannt, daß eine Brücke, bevor sie dem Verkehr übergeben wird, noch einer besonderen Belastungsprobe ausgesetzt wird. Es wird eine so schwere Last über die Brücke geführt, wie sie sie nie wieder zu tragen haben wird. Dies ist nur ein ganz blasses Bild dafür, daß das Blut Jesu die Brücke ist, die über den Abgrund von Tod und Sünde führt. Noch ehe diese Brücke der Welt, der Völkerwelt, übergeben wurde, machte der Herr auch eine Art Belastungsprobe. Die ersten Sünder, die über sie gehen konnten, waren die größten Sünder aus dem Volk Israel. Petrus und Paulus voran, die alle mit dem Wissen den neuen Weg gehen konnten, daß sie erlöst sind, ja, teuer erkauft, nicht durch vergängliches Silber und Gold, sondern durch das teure Blut Christi als eines unschuldigen Lammes.

Seit der Zeit des einmaligen Pfingstfestes sind schon Millionen über diese Brücke den neuen lebendigen Weg gegangen, und zwar aus Juden und aus der Völkerwelt, in dem beglückenden Wissen, daß sie durch das Blut des Lammes erlöst und erkauft sind.

Auch wir dürfen und sollen getrost und freudig unseren Weg gehen, dankbar und anbetend, daß auch wir zu den Erlösten zählen.

Ein Zwiegespräch aus der Novelle:

DIE WAHRE GESCHICHTE VOM WIEDERHERGESTELLTEN KREUZ

Ein Rabbi sprach zu einem kath. Priester: „Ich weiß nicht, Hochwürden, warum die Kirche solchen Wert darauf legt, die Juden zu taufen. Kann es ihr genügen, unter hundert streberischen oder schwächlichen Renegaten vielleicht zwei oder drei echte Gläubige zu gewinnen? Und dann, was würde geschehen, wenn sich alle Juden dieser Welt taufen ließen? Israel würde verschwinden. Damit verschwände aber auch der einzige reale fleischliche Zeuge der göttlichen Offenbarung aus der Welt. Die heiligen Schriften nicht nur des Alten, sondern auch des Neuen Testaments würden damit zu einer leeren und kraftlosen Sage herabsinken wie irgendein Mythos der alten Ägypter oder Griechen. Sieht die Kirche diese tödliche Gefahr nicht ein? Und gar in diesem Augenblick der totalen Auflösung? Wir gehören zusammmen, Hochwürden, aber wir sind keine Einheit. Im Römerbrief steht geschrieben, wie Sie wohl besser wissen als ich: ‚Die Gemeinde des Christus fußt auf Israel.‘ Ich bin überzeugt davon, daß, solange die Kirche besteht, Israel bestehen wird, doch auch, daß die Kirche fallen muß, wenn Israel fällt . . .‘‘

„Und woher kommen Ihnen diese Gedanken?“ fragte der Kaplan.

„Aus unserem Leid bis auf den heutigen Tag“, versetzte der Rabbi, „denn glauben Sie vielleicht, daß Gott uns so viele Jahrhunderte hätte zwecklos erdulden und überstehen lassen?“

Aus: Werfel: Gesammelte Werke, Erzählungen aus zwei Welten, III. Bd.

Inhaltsverzeichnis

Von Mary Hajos erschien weiter:

DA WAREN WIR WIE TRÄUMENDE

Erlebnisberichte

8. Auflage 1972, 72 Seiten, kartoniert

„In diesem Büchlein geht es um das Selbstzeugnis einer
ungarischen Jüdin, die in Ungarn und Deutschland im
Inferno der antijüdischen Greuel des Dritten Reiches zu
Christus findet und auf Haß und Verfolgung mit Liebe
antwortet."

Die Einkehr, Bremen

„Auch das gibt es: Licht, viel Licht in Finsternissen.
Mary Hajos erzählt, was sie und ihr Mann in Ungarn
als Glieder des Volkes Gottes aus Israel und als Chri-
sten in dunkelster Zeit erlebt und erfahren haben. Mit
Verachtung und Verzweiflung ist ihr Weg gezeichnet.
Aber gerade auf diesem Wege hat die frohe Botschaft
Wunder über Wunder an den Geängsteten getan. So das
Licht durch alle Finsternisse hindurch leuchten zu las-
sen, vermag nur ein Mensch, der ‚das Licht des Lebens'
hat. Das Büchlein zeugt von frohem und getrostem
Glauben."

Das Neueste, Stuttgart

R. BROCKHAUS VERLAG WUPPERTAL